U0881767

时间望着我

鲁敏 著

译林出版社

图书在版编目（CIP）数据

时间望着我 / 鲁敏著. —南京：译林出版社，2023.9

（鲁敏随笔集）

ISBN 978-7-5447-9764-1

Ⅰ.①时… Ⅱ.①鲁… Ⅲ.①随笔－作品集－中国－当代 Ⅳ.①I267.1

中国国家版本馆CIP数据核字（2023）第096889号

时间望着我 鲁 敏／著

责任编辑 焦亚坤
装帧设计 吴 悠
校 对 蒋 燕
责任印制 闻媛媛

出版发行 译林出版社
地 址 南京市湖南路1号A楼
邮 箱 yilin@yilin.com
网 址 www.yilin.com
市场热线 025-86633278
排 版 南京展望文化发展有限公司
印 刷 苏州越洋印刷有限公司
开 本 787毫米×1092毫米 1/32
印 张 8.75
插 页 4
版 次 2023年9月第1版
印 次 2023年9月第1次印刷
书 号 ISBN 978-7-5447-9764-1
定 价 59.00元

版权所有 · 侵权必究

译林版图书若有印装错误可向出版社调换。质量热线：025-83658316

目录

辑一　逝水

辑二　字迹

辑三　浮生

辑四　肉身

辑一　逝水

青春期：闪电前的闷热时光

总觉得自己没有青春期。就算有，一个字即可以概括：闷。

可能跟离家比较早有关。那时候的小学是五年制、六年制并存，我读了五年，刚十一岁，离开家了。自此，我就一直生活在别人的家里，然后是别人的城市、别人的家乡。好在我后来明白，其实在这个世上，我们都是寄居者。但当时，在十一岁，在我还没学会跟他人沟通、跟世界交好的时候，我就开始面临着一个必须独立存在并与外部协调的问题，这加重了我的紧张感和压力——我不由自主地竭力显得乖巧懂事。我不大愿意得罪人，也不愿显得有个性，像被在不同杯子里倒来倒去的水，总保持跟容器高度的贴合。

同样，情感表达也是我的弱项，不会撒娇，就算对家里人也不会，更谈不上吐露心事；对游戏与娱乐缺乏热情；对享乐有罪恶感。好在，这些都不算啥，表面上可好了，我体格强健，有说有笑，除了一个人时，会感到憋闷。

这样，在亲戚家的小村子，以及所就读的那个规模很小的联办初中（由几个村合办），到后来所考上的小中专，我所能做的好像就只有一件事：读书。一种无意识的权宜之计与排遣之道。

看看，书放在那儿，多好！一本打开的书，倒扣着，特别像瓦房的屋檐，令人生出藏逸遁形之心，似乎可以寄身其下，看风雨飘摇，殊觉安稳，乃至可以终身依傍——到现在都是这样，我终身最爱的朋友与亲人就是书！

书的好坏深浅不论，从亲戚家订的《外国文学》《民间文艺》到妈妈订的《雨花》一直到邮电学校的那小得可怜的图书馆，有什么看什么，不挑，还抄了不少书（抄得最多的应当是泰戈尔与聂鲁达，那时的趣味，很《读者文摘》！）；还做长篇大论的读书笔记，最记得读《巴黎的秘密》《基督山伯爵》等厚书时，因为里面的人物、事件比较纠结，我就挨个儿地替人物做年表、做故事线、做家族谱系等等，把书里所有的伏笔啊，呼应啊，关节点啊，等等，全都标出来，做成表或图，错了用橡皮擦掉修改，特别较真，像在进行一桩壮丽宏大的事业……整个青春期，没有早恋，没有对口红的尝试，没有舞会狂欢，更没有闪闪发亮的月下初吻。总之，好似一部法国闷片，说起来都要让人打哈欠。

稍微算得上有一些戏剧感的细节，发生在我工作后的一个黄昏。

其实，从学校毕业到进入职业，本来是另一个临界点——完全世俗化的日子开场了，菜场、干洗店、租碟屋、水果摊、阳台上不需浇水的仙人球、门卫老头模糊的笑容。这按部就班的慵懒生活也许本足够淹没各种不切实际的幻想，但很奇怪，写小说的念头似乎正在这一阶段开始出现苗头。

我第一个工作单位在南京偏北方向的某一个三十层的写字楼里，从办公室向外俯看，可以看见东北方向的小半个南京城，看到正下方各种各样的人，看到他们的头顶：小贩、警察、公务员、失恋者、送水工、餐馆侍者、经济学教授等等，无一例外，他们全都方向坚定，匆匆忙忙，像奔流不息的水一样冲洗、腐蚀着整个城市。那是个黄昏，光线半明半暗，天空中垂挂着造型古怪的浮云，把视线从天空往下移动，当我看着他们，看着那些跟我一样的人群，看着他们的头顶，像在大海中那样起起伏伏，强烈的焦灼突袭心头，如惊涛拍岸。

——我知道，我看到的其实是一种假象：所有那些人，并不真像我所看到的那样，不，在目光所及的外表之后，他们还有另外的感情和身世。每个人都有一团像影子那样黑乎乎的秘密，像镣铐那样深锁内心。对了，就是那些深沉的秘密，就是人们身后长长短短的影子，一下子击中了我，像是积蓄多年的火山终于找到一个突破口。我迫切地想要贴近他们的心肠，感知他们的哀戚与慈悲。这就需要一个合法的工具，好在，它在那儿！正是它：小说！它就是一台高倍的、夸张的乃至有些变形和癫狂的望远镜与取景器，将会给我以无限刺探的自由、疯狂冒险的权利。

正是这个平淡而致命的黄昏，在1998年，我二十五岁，小说，它如闪电来袭、惊雷响起，我繁闷而紧张的青春期，像一个漫长燠热的午后，结束了，我找到了走出窄门、通往外部的途径。生理与心理上的青春期结束了，而文学的青春期开始了。

坐到电脑前，打出了我作为写作者的第一行字，那是我的第一篇小说——《寻找李麦》，就在那个被圈点过的黄昏，它来了。

（1999年）

十八春：致邮差的情书

从1987年到2005年的这十八年，我的生活都与邮局那黯淡多情的绿色紧密相关：前面四年，在江苏省邮电学校读通信管理专业；后面十四年，在邮局的各个有趣或不那么有趣的岗位辗转。

邮电学校位于南京城南，我那时十五六的样子，失眠症却已根深叶茂、如影随形，无数个深夜，我怀着无可奈何的心情听连绵不断的洒水车唱歌，眼睁睁地听着洒水车开上了夫子庙的文德桥，开过了长干巷，开过了考棚小学（这名字真够古雅的！），然后又往三山街、白鹭洲方向一直去了……终于，天慢慢亮了，我与下铺一起出去跑步，学校在中华门附近，我们俩的跑步，便是冲着那灰白色、枯萎般的城门，一边跑，一边瞧着它在我的视线里一上一下，慢慢地近了，大了，心中总有一种近乎悲凉的却又骄傲的感受……邮电学校的那四年，由于来自乡下，一无所长，不会唱不会跳；又因为爱吃馒头和肉圆，到后来还有点儿小胖，我相当羞怯、自卑，跟男生说话很少，就算说，脸一定会红。但我很怀念那四年，怀念我的那个班——通信管理8701，怀念我住过的那个宿舍505室。直到现在，我都在以一种可笑的方式加以怀念——设置各种密码时，总用这组数字来进行排列组合。

在邮局的十四年，如果用一个最快速的流水账来加以闪回，现在能回忆起的大致如下：

营业员——我是狗皮膏药似的“大替班”，从包裹、特快、储蓄、报刊发行、国际业务到汇款，所有的柜台所有的业务种类我都齐活儿，谁休息我顶谁的台子。印象中，由于粗心，我赔过两次钱：一次是国际长途台少收了一百块押金，一次是汇款台晚上结账少了五十块。

劳资员——在一个二级单位，叫作区局，每个月都要用各种系数进行反复测算，试图替下属六七个支局的四五百人划分出三六九等的奖金额，那一阵子不知为何脾气大，被那些数字算得不耐烦时，还摔过区局长的门，完全没数！好在我碰到的局长都很好。

团总支书记——装模作样主持过团总支的晚会呢，把头发扎上去，俗气无比地穿上红毛衣，跟邮局的单身汉们跳南京流行的小拉舞。还组织烧烤，准备了好多好多鸡翅啊！但我记得我不太喜欢这闹哄哄的工作。

外宣干事——与各级媒体记者打得火热，南京的小报纸特别多，我每年的发稿量都在四百五十篇以上，简直“大跃进”啊！经常有稿费呢，十五块！二十五块！我拿个小本子记着，美不滋滋的！

行业报记者——担任《江苏邮电报》《中国邮政报》的驻地记者。我喜欢五个“W”的新闻体，那种言简意赅的新闻八股腔，挺可爱！那阵子采访真猛啊，全局一百多单位全都跑遍了！比如，南京到北京的T66/67次长途邮件押运班，我前后就跟过四趟。后来，我写过一个短篇《在地图上》，跟这些采访有一点点关系。

办公室秘书——前后替四任局长做过秘书，年中与年末的全局工作总结、职代会报告等是我的主打产品，同时擅长写各种场合的、假大空的讲话稿，欢迎啊致谢啊动员啊鼓动啊表彰啊祝贺啊之类，为了帮助自己“入戏”，每次动笔前，我总会积极地假想我就是局长大人本人！用一种胸有河山、俯视全局的宏大眼光……

所有这些岗位中，与文学最亲密的一次接触是这一幕——

大概是1993年吧（那时除了读书笔记还没写过啥），我在新街口邮局坐柜台，苏童来买邮票，他慢吞吞地说，要一张《古人对弈图》。我立即认出了他，但我沉默、平淡，像一个疲倦的营业员那样，把邮票卖给了他，同时心中一声长叹：这辈子，除了阅读，我难道还会跟文学发生任何瓜葛吗？（2010年10月，叶兆言、苏童、黄蓓佳等老师来替我的新书《此情无法投递》撑场子，我还跟苏童老师提到这一幕，当然，他茫然、无邪地笑着，因为他的确一无所知。）

对了，工作之余，我还“学”了点“文学”——南师大的自学考试，都是一下班就直接往南师大去听夜课。上课的时间，要么是暮春，要么是深秋，似乎全南京的春华与秋色都集中到南师大了，其夜色之好，到了令人伤神的地步……我虽是形单影只，却也自得其乐，最喜欢的一科是《古代汉语》，兴之所至，每晚逐篇背诵那些佶屈聱牙的先秦散文。

这种傻乎乎的社会性自学延续了四五年之久，快要毕业的那年冬天，以一种最古老的方式，通过我邮校同学的介绍，我认识了他，微胖，话不多，我们到山西路的军人俱乐部喝茶，到古林公园看梅花，很冷的冬天，接下来又是同样寒冷的早春，我跟他的每一次见面都像是在与冷飕飕的风儿约会。春季班开学之后，我像很多女同学一样，也有男朋友在校门外等着接我回家了。我喜欢这种平庸的画面，非常之安全——不到一年，我就决定结婚，在镇江路的一个小公寓里，我在每扇窗户上都贴上大红的“囍”

字，楼下的人经过时仰起头都会看见。

从邮电学校到南京邮政局，对这一路，我充满复杂的感情，这十八年，我对社会生活有了较为充分、体己的感受，我破灭了各种的梦，我失去父亲，我生了孩子，我养成了“秘书般”的性格，我变得世故而冷静，但也非常不世故、非常不冷静地爱上了写小说，并决心一去不返。

（2006年）

以父之名

一

不是母亲打电话提醒，肯定又是忘了。这个月的某一天，父亲的忌日，烧纸给他。这样的提醒一年数次：鬼节、冬至、他的生日，还有清明与除夕夜。我总是忘掉，却也并非因为被“生”的事情忙着或闲着——他活着时，我就不大会记起他。

母亲说，她要送来叠好的金元宝与银元宝，很多，因为今年是他去世整二十年。母亲与父亲谈不上有感情，可能还相反。但母亲对这些事一直很看重。我都能看见那个画面：阴天的下午，午睡了起来，她叠起元宝，手上全是金粉银粉，光线不好的客厅，她习惯了节约电，也习惯了长期的独居，连续几天没有人说一句话。我在外面喝茶，在银行排队，听的士司机责难油价，热腾腾地活着。接到母亲的电话，嬉闹的笑还来不及收掉，几乎不相信：二十年了！这么长……同时一阵惊怵，倘若母亲年老健忘了，甚或也去了，就没有人再会记得父亲了。他与世界最后一点儿形式上的联系，将会在我手上彻底断了。

十一岁的女儿用粉笔在地上划圈，给亡灵们的纸钱要烧在一个划定的圈里。外公、外公。她颇有兴致地念叨着，平常她不可能喊出这称谓。她与父亲没有见过。

父亲不知我的毕业找工作、结婚生养、买房、换工作。这二十年，我做了人生中的许多事情，他不知道。

那许多的仓皇、打击、恩爱、凶狠，他不知道。

我十六岁时，他死的，他都不知道，我后来又长高了一些。

我给渐渐旺起来的火喂纸，母亲叠成的元宝们打着滚儿，萎缩着消失了。

也许任何一种灰烬都会随风上扬，但纸钱的灰，这样一小块一小块的，黑色、灰色的，在路灯的光晕下盘旋，像是真的通到了天地鬼神。我长久地看。女儿找到一根小树枝，游戏般地挑动灰烬，让没有烧完的纸灰重新红通通的。

这纸糊味好闻。女儿嗅嗅她的手。

别捣得太碎，他们得不到了。

这——是——迷！信！女儿轻声地带着学生气。为什么要烧纸呢。她每次都要这样问一问。

我盯着慢慢白了的灰。为什么烧纸呢，亡去者永远不知，生存者亦知虚无。

二

我与父亲，从没真正生活在一起。一般讲，我只在春节会见到他。

他是本村早期的大学生，考到南京念大学，继而分配在那里工作，颇为荣光。重要的城里的工作使得他只在春节才能回乡。本地还有另一个在南京军区工作的人，他们俩一回来，就过年了。整个正月，他们俩与村里的书记、会计、赤脚医生、小学校长等各方面的有头脸的人，会被人们邀着吃“春子”，从初五吃到正月半，经常一天两顿。他们在人家的堂屋里伸手伸脚地围着八仙桌坐着，喝酒，打牌，交换各自的烟，谈论国家大事。

再冷的天，父亲都穿毛料的衣服；那个军官，则是威风凛凛的制服。他们从不穿棉袄，看上去比当地的任何人都单薄，可这是气派和合适的，大家都一致地同意：城市的人，是不怕冷的。这正是城市人漂亮的地方。

父亲死后，七七第四十九天，家里人请人放焰口，并烧掉他的许多东西。全是从南京收拾回来的，大部分我都没有见过，那完全是一个陌生人的物件，一个活了四十四岁的男人半生的家当。奶奶再次哭得昏过去，姑姑们闭上眼淌泪，妈妈要张罗饭菜，便由我主要负责烧东西。俄文字典、围巾、画报、小木摆件儿、塑料杯。印象最深的是他的一件羽绒衣，两面穿，一面银灰、一面褐色，十分肥厚。真好烧啊，一扔到火里，羽毛们就“砰”地炸开来，热气烘烘。我惊讶得忘记了心疼。想起父亲每年回乡过年，乡下那么冷的三九四九天，他从来没带回过这件羽绒衣。他是对的，他表现得像一个漂亮的城里人。大家至今都记得他穿毛料服，裤腿上两条线。

所有那些春节期间，我与父亲，说不了几句话。有那么几句，竟也记得。

我家有个习惯，一到春节，就替四周的邻居写对子，早先是爷爷，他做过私塾先生，写得端正老实，全是妇孺皆知的老派对子。后来爷爷老了，或者也未必是老，总之，换成父亲写了。父亲喜欢这个角色。他把家里装糖果的瓷罐子拿出来调墨汁，把方桌上全部的东西都拿到别处，架势很大。倘若邻居没有特别指定，他便玩乐，自作主张改动上下联的几个字，让人念得半生不熟；或另取唐诗、录古句。有时也写新编的，歌颂农村风貌的那种，是广播里报的，他注意听村广播站的内容，却一边听一边哈哈地嘲笑。他还会给对联加"裱"，抓起一张报纸，随意地团成一个团，然后蘸着金黄的调料，在对联边沿整齐地印上一朵朵花，挺绝。不过他有分寸，不会在人家堂屋、正门的对子上游戏。

有一次，写到"春风和煦×××"，他问前来取对联的小个子男人，指着第四个字："认得？""不，怎么可能认识呢。"矮小的邻居高高兴兴地摇头。"你呢？"父亲问我。

三年级的我紧张起来，父亲从来没问我的成绩，我考的许多一百分他从不知道，三好生等许多的荣誉……我常常感到分享的人很少。可是，这个字偏巧我不认识。父亲没作声，继续写，也不教我，邻居打招呼走了他也没停。那整个半天我怏怏不乐。我其实并不真想在父亲面前显得多么出色，但我生气他如此没有道理的考验。这种随心所欲，让我感到莫大的生疏。

我一直记得那个半草的"煦"字，大红的纸，黑墨。我到现在都不喜欢这个字。

除夕前全家大扫除，他只负责一件事，替大家擦皮鞋。他很有兴致，一只只先抹去旧灰，接着，浓浓地上油，放着，“养”一会儿，然后，找来一小块旧的真丝布，紧贴着皮面不要命地飞速地抽动。再旧的皮鞋，这样子一弄，都亮得惊人，他快活地把一家人的皮鞋排在一起。浓浓的鞋油味，非常洋气地往鼻孔里钻着。年初一，我穿上他擦过的红色猪皮鞋。然而这鞋子是上一年买的，我嫌小了，有些挤，只穿了小半天，便换下来了。他竟不高兴了，像嫌弃乡下孩子似的：“最起码的……一个人，要学会穿皮鞋……”

我那时不大清楚，到现在也不以为然，一个人，会不会穿皮鞋，有什么要紧之处。有一点，现在我擦皮鞋，跟他的习惯一模一样。尤其是最后一道，真丝布与皮质之间的摩擦速度，我相信那对于皮鞋的亮不亮，很关键——这些所谓的细节，在别人看来完全不值一提，也并非说我多么珍惜，但我与父亲所打的交道实在太少，况且，童年的事，一旦记上，就一直记着了。

正月里，父亲几乎每天都打牌到很晚，摸黑回来，还有酒气，裤袋里乱糟糟的，全是牌桌下来的零钞。他早上起得很迟，替他准备的四只水潽蛋，热了又凉了。如果这天没有人请“春子”，吃午饭时他跟我们一起。他不太说话，很快吃完，用一条手绢擦擦嘴，然后到外面，到光秃秃的晒场上转圈子。他一出门，我才开始真正放松地吃起来，让妈妈给我拣瘦肉，嚼出声音，添好几碗汤。我不习惯他在我家的饭桌上，有他坐着，我吃不好。

实际上我相当地怕他。我记得他曾经打过我，就在短暂的寒假里。某天，奶奶母亲忙碌着做鱼做肉时，我吃了一块她们熬出的油渣，不巧，却是块嚼不烂、咽不下的油渣，我刚要吐掉，父亲不知什么时候站在我后面，严厉地命令我一定要吞下去。我嚼了又嚼，咽了又咽，却还是嘴里连着喉咙，七八岁的我很快哭起来，父亲继续骂我，他甚至踢起我，用他的皮鞋踢我的腿，可能并不是真踢，因为并不怎么疼，可我被那没有缘故的责难给打蒙了，实实在在地惧怕起父亲，我巴望着他赶紧回南京。我不要过年。

这一块我无法吞下的“油渣”，曾被我隐约地写进一篇小说。我本不该这么利用这个私人细节。可我没忍住。

再长大一些，我了解到更多父亲的事情，这虽然并不能够使我轻易地谅解父亲当时用皮鞋踢我的事情，但我可以宽容地推测：每一个回乡度假的春节，他是不快活的，没有人真正了解他，体恤他——他在南京另有他的生活，他正周旋于他的个人欲望之中，他看到老家，看到我母亲，是气恼与回避的。他是借“油渣”拿我撒气；可能，他也生气我对他的不亲昵。再进一步说，他跟我一样，跟母亲一样，也是一个没有体会到天伦之乐的人，他同样没有完整意义上的家。

三

父亲与母亲的事情，错在他，并且有许多令人羞耻、被乡人传谈的细节，那些事情，而今说来也不新鲜，无非就是男女，故也不必全部回忆出来。况且他为此受到了很严重的惩罚，甚或牢狱之灾，甚至不止一次：他先后两次成了劳教分子。他的罪名叫“生活腐化”。

有一个情节，如同想象力糟糕的差小说，母亲说给我听过。父亲的第二次出事，举天下皆晓，独我全家不知，暑期快到了，时为老师的我母亲还浑然不觉地跟她的同事们说：今年我要早点把家里的玉米收了，带孩子到南京好好玩一玩……终于有两个女教师不忍心，尾随我妈妈上厕所，她们的手放在裤腰带上，却只是假装要解手，然后，在臭气熏天、苍蝇翻飞的学校厕所里跟我妈说：你还说什么去南京！你家小孩爸爸又给抓了！

我的记忆始终在我所知晓的母亲的这一方，父亲当时在南京的具体情形，永远无从得知。总之，他后来的病，当是有这方面的原因，所谓抑郁成疾，他得的是肝病。

我相信，作为从乡下飞出去的鲲鹏，父亲曾是个心高的男人，对自我的期许也是高的，我听许多人说起过他杂拌儿般的才能，会拉小提琴和手风琴，会修收录机或是缝纫机之类，烧得一手口味清淡的好菜，桥牌打得漂亮，投篮时三分球十发九中，钢笔字比毛笔字还好，模仿毛体字活灵活现。许多人赞赏他，当然这也可以很好地解释他在南京的那些男女事。但人生的后几年，他急转直下，连村头荷锄者都用轻蔑、谴责的语气谈论他，他回家来过年，没有人再请他写对联了，更不要说吃“春子”、打牌玩钱。他被道德压得脑袋冲下、满嘴是泥。

而人们曾经对他多么好啊，记得有一年奶奶在春节里做寿，却碰上下湿雪的天，父亲在晒场上放炮仗，脚下一滑，跌了个很难看的大跤，要是别人，大家肯定会笑话整个正月，可对父亲，大家却夸了他整个正月，说他是个真正的孝子，他为老母亲跌个大跤呢。人们对他越好，他一出事，对他便越差，或是显得越差。这种对比，是可怕的。

幸之，他慢慢就得了病，面色自亮白为黧黑，身体浮肿；然后，他死在南京，可以永远地不再回来过年了。

故而，我与他的生分，到后期，也有顺应时势的意思，我有充分的理由，因为我站在大部分人的这一边。我似乎是母亲的小卫士，很多同情妈妈的女人说我有主心骨。但也有很多人，花了太多的时间谈论父亲的奇事，并慷慨地眷顾到我：一个南京城工作的人的女儿，一个劳教分子的女儿，一个老师的女儿，一个第一名的好学生，走到哪里，我都可以看到刚刚闭上的嘴，连比我小的孩子们都想方设法用他们的方式对我施以侵扰。这一年，我刚五年级，母亲决定让我跳一级，离开她所在的小学，直接送我到外地亲戚家上初一。她给大家的解释是：那里教学质量高。

这样，像拔萝卜似的，我被突然拔离了家与母亲，离开了我家的蓝色窗户。蓝色木窗，这是父亲有一年过春节时突发奇想的作品，他自己动手刷的。每到春天，这蓝窗户配着我家的桃花与梨花，好看得不能再好看了。我最喜欢这一片蓝窗小景，它代表着我那个年纪对浪漫的高级想法。然而，这一走，我竟再没有机会在春天里看到这对蓝窗户了，从十一岁起，我只有寒暑假才回去，也算是个小小的游子。说实话，而今，我真愿意缩短几年的寿命，去换回我少年的某一个春日下午，放学的我，大老远的，欢喜地盯着我家的蓝色窗户，没有任何忧愁地蹦跳着往家里走。

亲戚对我很好，包括那里的邻居与同学，但问题是，他们都知道我父亲的事，这使我并不能正确地消化他们的友好。初中三年，自觉寄人篱下，颇为飘零。

我在日记里夸大其词地描述一只猫所给我的温暖——那小东西，冬天的夜里，喜欢蜷在我的床尾睡觉，它热乎乎的身体，隔着被窝压着我的脚；我一个人穿过几大片田埂步行上学，初春的浓雾前后不见人，我百感交集地走；我盼望周末时妈妈来看我，她离开时，看着她替我刷干净的鞋和滴着水的衣服，抽泣得上气不接下气；晚上做作业，为了油灯摆放得靠谁更近，与亲戚家的孩子反目成仇，几个星期不说话。

而与此同时，我学会了乖巧，我与不同的人都能谈得热火朝天，我习惯被另眼相看，也习惯不被重视，习惯亲亲热热，更习惯客客气气。我越来越像个好孩子。

但我认为那三年我成长得并不好。记得某一天，有个外地的马戏团来当地表演，应当是较拙劣的吧，可我连看几场，心念闪动，萌发了跟着他们偷偷跑掉的念头，像受到命运虐待的孩子那样，让所有的人都懊恼去吧，他们本该对我更好……整个寄居的三年，类似这种孩子气、颇为阴暗的自我折磨，还有其他不少。

这账该算在谁的头上呢。父亲。

然而，又是然而，到我明晓男女事的年纪，到了这男女事不再是事情的时代，我替父亲沉痛了。他的悲剧性清晰地浮出来。我像理解并惋惜任何一个旧年代的中年男人那样理解他。所以直到现在，对各种此起彼伏、大同小异的出轨情状，我有着不太确定的心态，像是根本无所谓，偶尔也会来点道德洁癖，更多时候，觉得那根本就是落在人生之上的灰。生而为人，完全的不落灰，或许也是不真实的吧。

当然，这并不能改变我对父亲的感情，我对他的认知，定型在一个过去了的时态里，这个时态顽固地告诉我：那些事情是丑陋的、令人唾弃的。

也许，曾经有过那么一个改善的时机。

四年级暑假，我被送到父亲那里待了一两个星期。父亲的单位是个规模颇大的军工厂，食堂、影院、理发店、公共浴室等等自给自足。他带着我参观了一大圈，允许我每天下午到电影院边上的小卖部去买一根冷饮。南京的夏天很热，树荫却好，每天睡完午睡，我贴着树荫，到电影院边上去买一根“马头”牌小雪糕，边舔边看电影海报。我特别特别地想进去看上一场电影，但从来不敢跟父亲提这个想法。再说，吃着雪糕，看看海报，很不错了。我到南京之前，周围的小孩子们都非常妒忌我，回去之后，我会详细跟他们说说下午的海报与雪糕。

但我不会说我早上的食堂。父亲给了我一项任务——

负责到食堂去打早饭，因为他是一直要睡到上班的。食堂里要排长队，要计算饭票与菜票，绿豆稀饭打在铝锅里，小咸菜放在倒扣的锅盖上，馒头或油条则插在另一个大茶缸里。我到底是个乡下孩子，非常不适应热气烘烘、地面油腻的食堂，手忙脚乱，每次买早饭都十分紧张，生怕丢了饭菜票或打翻稀饭。我个子又矮，窗口的女人会骂，语气凶、同情：这是谁啊，让这么小的孩子来打粥，看烫着了……这些，我不会跟父亲说的，只把他的一份放在他床头，如果那天洒掉太多，我就不吃稀饭。

直到回到老家，我把食堂那个女人的话学给母亲听，有些像诉苦。其实，并没那么严重，但总的来说，就算跟父亲单独待了两个星期，他是他，我是我。没有交流。

我倒记得他窗台上有一小盆茉莉花，我天天看着，闻它的清香，在夜里尤其地好。离开时，我倒舍不得那盆花了。

四

我对父亲的紧张与不适应，直到很多年后才解除。

他得病住院的那一年，我已经到南京读中专了，他一个人住在医院里，母亲仍在乡下小学，她带的毕业班，正在最要紧的冲刺阶段。每个周末，我从学校挤公共汽车去看他，拿走他换下的脏衣，衣服上有便污，也有他吐的血。在我们女生宿舍楼的晾衣架上，我用衣撑摇摇晃晃地送上父亲的衣服，高高挂起，楼道里的女生们三三两两地走过，没有人注意到。可是我能闻到：就算漂洗了很多遍，他的衣服仍然带着医院与疾病的味道、男性的衰弱味，就像我的心情，非常复杂——我对他还是没有丁点儿感情，虽然他害了重病。他对我而言，仍然只是一个寒假回乡度假的人，一个与母亲关系不好的人，一个对我很生分的人，一个我并不理解也不想理解的人。

某次洗衣服，发现他有件汗背心破了好几个洞，洞的旁边则是褐色的血迹，宿舍楼公用洗衣间的灯光昏黄地照着，这突然让我怜悯起父亲来，那件略显寒苦的汗背心忽成了件婴孩衣服一般，情境怪异，我突然意识到：父亲快要去了。一下子，我感到我不再怕他了，也不怨他了，他成了大病之人，他弱小，他在消逝。一种近乎轻松的心境中，我到商店替他新买了一件汗背心，也就几块钱。没想到，这件事让父亲大为高兴，他对邻床的病友夸耀我：成绩如何好，中考总分全盐城市第三名！看多么懂事，才十五岁，帮我洗脏衣服！还替我买了件新的！一定是用奖学金的钱！她得的可是特等奖学金，全校唯一一个！这是父亲病危之后，他病友的妻子告诉我的，他的病友，比他早死半个月。病友的妻子来医院办什么事，隔窗看到昏迷的父亲，她忍住她的伤心泪，拉住我看了几眼：哦，你爸爸一直夸你懂事！成绩好！

可我不领情，尤其不愿他夸我的成绩与奖学金。我所读的那个学校是个中专学校，正是他让我读了这个中专。在我们乡下那里看来，中专是最好的，学费全免，发伙食费，城市户口啊之类迅速而可靠的回报。可这根本不是我要的路！我只想读大学，一直往上，直到没有读了为止——我从小擅长考试，在分数上我总会赢。在我无休止的哭闹争取下，母亲勉强同意让我报考高中，我高兴了，心中大定。但几天后，父亲从南京赶回来了，他与我的班主任连夜商量（一到高中，女生就完蛋了！就算她能撑住，但万一考不上大学呢！），在志愿书送到县里的最后一刻，他们私自替我改成了中专：邮电！不是金饭碗也是银饭碗！他们高兴地向我宣布，像押了个大元宝。

我的大学之路，就这样断送在父亲手里！虽然可能也有母亲及班主任等的意见，但，是他回来改的志愿！不是这样吗！这真是活活杀了我呀，我对大学有那样的野心！我不能原谅。我从不隐瞒这一点，我对母亲多次坦白。

中考的那整个暑假，我躲在闷热的蚊帐里绝望地躺着。为了庆祝我全市第三名的成绩以及邮电学校（咊，银饭碗！）的录取，家里大摆宴席，请亲戚、当地的人物、我的校长与老师们。我无礼地坚决不肯出来敬酒。他们在外面笑什么、吃什么、喝什么啊，在欢庆我失掉的远大前程吗。

直至今天，经过任何一个大学，哪怕是三流大学的校门，我都感到痛苦，跟当初一样新鲜和尖刻。时间丝毫没有减弱这一点。虽然我并非多么不满意我现在的生活，并可以理智地知道，没有经过高等教育，未尝不可算作是纵养出另一种野莽的天性。但这解决不了我执着不放的问题——踏上左边的路，就永远不知道右边的路。我不能不想，如果走右边，我会进入哪一个岔道，我将要碰到的人、经过的事，以及成为的另外一个人。

父亲去世后，母亲丢掉乡下的教师工作，带着我与妹妹一起住到父亲留下的小房子里，她想让我们在南京生活，她有着对城市本能的向往与占有欲。那几年，我们过得颇为艰难，一个细节：菜叶汤是一道很好的菜，但如果加了豆腐，那简直就完美，但不能太好，所以一块豆腐须分两顿来吃。我总记得母亲把一块豆腐小心地分成平均的两片，在浅色的碗里泡着水，她总惦记着换水，以保持那豆腐的不坏。很快我毕业到邮局工作了，拿了第一个月的工资：八十四元。母亲劝我：看，幸好你父亲替你改了志愿。你不要再气他了。

我数数那八十四块，存了五十块，三十四块给了母亲，我自己不用钱。不，我还是气他。我与好几个初中同学保持着通信，我工作的这一年，他们都已经大二了，他们的信从各地寄来，落款上写着刺痛我目的大学缩写。虽然他们没有人考到很好的大学，可这并不表示我不会考到。可现在，我在数钱，多么羞耻的动作！我像任何人一样喜欢钱，知道它的实际且巨大的效用，可是我的第一笔工资，比他们早拿了三年，这大大毁坏了我与金钱的关系——我不喜欢花钱这个动作，它不能带给我轻松的享乐。我总觉得我应该去做一个不会挣钱的人，在教室里寒酸而虔诚地背书。我巴不得远离物质，可坚硬的物化的俗世严厉地给了我第一个没有声音的耳光，我顺从了，很早就与世故的社会亲密地并肩而行。

我常常思念教室，思念我不存在的清贫而纯真的大学。我至今都会做上课的梦。我高兴地等着老师报分数，我知道我会在第一个被念出名字。

五

我只后悔我对父亲的两件事。

他曾经给过我一个通讯录。那是我考上中专之后，我在纸上列下了我可能通信的所有人的地址：两个小学同学、很多的初中同学、我喜欢的化学老师、两个表哥、中考时认识的另一个因为中专而愤怒的男生……写满了两张信纸，随身带着。寒假里，父亲偶然看到这两张纸，对母亲说：看，她都没想到写下我的地址。

但隔几天，他找来一个通讯录，六十四开的黑皮子，怪精致的，抄上我的那些地址正好。我很喜欢，但相信吗？我不要，就是不要，他的东西我怎么肯要。我在正月半之前离家返回南京的学校了，把通讯录扔在家里一个显眼的地方。

父亲则是过了正月半才回南京——也挺有趣，他在南京工作，我在南京上学，但我们从没一起坐过长途车，我放假和开学都比他早，所以也正常。听母亲说，在他离家之前，他把通讯录送给了我的小姑妈。小姑妈，在镇上开了个卖床上用品的小店，一辈子没有离开过此地，我想，那通讯录，那画着电话与小房子的一格一格，她最多用来记记床单或被面的流水账吧。父亲去世后，我有些想把那个通讯录要回来，但不愿向小姑妈开口。我与父亲的生分，亲友们都知道。就算他不在了，我还要这个面子。

他还曾给我送一只西瓜，就在他最后一个初夏，1989

年6月。快要放暑假了，他到学校来看我，抱着西瓜，站在女生宿舍的楼下，我住在六楼，得爬。他在楼下喊我，但我不愿下去接他。宿舍的同学说：你爸爸在下面喊你呢。我说我知道，我装着复习得抬不起头。

过了很久，他爬上六楼，脸色极差，衣服汗湿得贴在身上。我想起来，外面的交通很乱，许多公交线路停开，到我们学校，他一定走了很远，我还想起他的身体。我有些理亏，却更加感到一种不高兴。淡淡地说了几句，什么时候考完回家，车票订好了没有那一类的。他很快走了。我招呼同学吃瓜，红红的瓜汁四处淌着，她们吃着，都说甜。我一口没吃，说胃不舒服。

两个多月后，他突然发病，然后死了。

现在想想，那一天，我本可以稍微热情一些，或者下楼去接他一下。或者，我该吃他一片西瓜。他送我的东西本来就少，我收下的更少。

至今，我所保存的，只是他的一些照片，主要是大学时期。他的大学是南京航空学院（现在的南京航空航天大学），照片里的父亲在吊单杠，在男生小合唱，在长江大桥上跟他的同学们摆成革命主义的集体造型，他们的胸前都别着主席像章。照片全是黑白的，大小各种尺寸。下方颇为随意地用手写体标着日期与地点——全是父亲自己冲的，那时的理科大学，流行这样，暗房技术是起码的小活儿。

偶尔翻看这些照片，公允地评价父亲的容貌，他是好看的、亲切的，照片里正年轻，又健康，还那么快活的样子。我甚至有一阵子还挑出他的一张标准照随身带着，那黑白小照实在是文雅英俊，我是只取其炫耀性的审美意义：这个人是我父亲呢。其实我真不太敢相信，这就是我每一年在春节期间所接触的那个不冷不热、陌生得令我浑身不自在的父亲。

当然，加起来，哪怕从一岁算起，算到十六岁，我跟他相处的时间总共不过三百来天，还不包括他有几年春节因为劳教没有回来。我总是无法清楚地想起他的长相，他活着时就记不清。

我还无法明确他的年纪。当然，他死在四十四岁，要是活着，今年也才六十四岁。但这些年，我觉得他在变小，差不多跟我一般大了，而在不久，还将成为我的弟弟，直到我老了，甚至成为我的儿子——这纯粹是一种岁数的比拟，没有角色或情感的成分，我所感到的是，记忆里那个模糊的零碎拼图般的父亲，越来越抽象了，连年纪这一点也不像了。他到底是我的什么人？

倘若他活着，我会教他上网跟人下棋？肤浅地展示我得到的某个荣誉？随意指使他替我女儿检查作业，在所谓的父亲节里买一件打折的T恤……这可能是世界上任何一个女儿对父亲正在做的事。我放纵自己尽情想象着我与他之间各种形式的俗世友好，可是，真不像啊！我感到滑稽、廉价，像演戏——因为我知道这完全不可能。我可以肯定，就算他真的活到今天，我们一定还是不好。我与父亲，就是不合的。

可是我一直很留意别的父亲们。可以做我父亲年纪的男人，我女儿的父亲，我同学的父亲，等等。我留意他们的父女关系，他们那么要好，像情人一样，真令我惊叹。我认识一个男子气十足的父亲，因为女儿的去国而大失风度，众人面前，只要提起，就会像老婆婆那样地红眼圈，我欣赏这个父亲的痴情。我偷看我女儿与她父亲的亲密，动物一样，他们缠在一起打闹，完全把我冷落在一边。我的一个女友，像骂儿子一样气恨恨地骂他高血压的父亲，老人家喜欢顽皮地偷偷喝酒。

……我旁观着世界上的父亲与女儿们。我知道那很好，但说实话，倒也不是多么地羡慕。我心里始终有一块冷静的去处，那是结了冰的湖面。

六

父亲留在南京的小房子，四十平米，底楼，没有地板，地上只是漆，红漆上刷着连环的空心梅花，看上去倒有几分立体感的华丽——若干年后，搬家，我在沙发角落里发现一个六边形的软铁皮模子，全是灰，上面残留着黄漆与红漆，原来这地板是父亲自己设计的。他的确有巧劲儿。我也有点儿，尤其到南京之后，家里什么小东小西的坏了，我最喜欢捣鼓，并能神奇地修好，而母亲就爱说：看，你随你爸爸，脑子好，手巧……这总让我有一些扫兴，我回嘴：才不是！否则谁来修呢！这是没办法！

遗传学并没有错，照母亲看来，我还随了父亲的许多方面：喜欢一切糯米的食物，数学好，讲话快，牙齿比一般人白。可这又能证明什么，血缘到底算什么？它给了我什么？我之所以成为现在的我，拜赐于他给我的什么影响？爱与同情，还是恰恰相反……倘若非要表现得有情有意，像一篇乖顺的文章去做个总结：是啊，那是我惧怕过的人，怨恨过的人，伤害过的、怜悯过的人……去他的，这些词全都隔靴搔痒！酸腐的文艺腔！我想我还是活得没良心一些吧，就像一片树叶，从哪棵树上掉下来的，有那么重要吗？

……父亲房中留下的那套家具有些怪。全黑，高光漆，很亮，上面用细金笔描着少许的山水画，又雅又怪，放在那么小的单室套里，很不对。当然，我们搬进去住的时候，父亲已经去了，真奇怪他为何喜欢这样亮亮的黑色。邻居们告诉我：嗨，鲁工（由于那些事情，他终身只是个助理工程师，但同事与邻居都喊他鲁工）可喜欢这家具了，他跟我们说，全南京就这一套……可是，这个……我们当时就觉得，家里摆着黑家具，漆亮漆亮的，有点像那个东西，不吉利啊……你看看，没住多久，他半夜就发病！吓死人哦，地上吐的全是血……

事实上，我倒慢慢喜欢起这套家具。

黑色的书桌，我天天晚上趴在上面用功，连考了四十多门的自学考试，换来三个文凭（我还在为大学的事憋气，茫然地做无用功），一直到我结婚，用了它十二年。黑色梳妆台，堆满了我们的搽脸油，不值钱的，但小瓶子们颜色艳丽。黑色电视柜，母亲在上面放着她喜欢的旧茶叶盒，用作装饰。这套家具，看着我们吃了不少年的菜叶汤，苦日子衬着黑家具，般配。

最终换房子时，这套家具也旧得很了，很多地方漆皮都翘起来。但母亲无论如何不愿意白白扔掉。家具于是被拆散了，电视柜与衣柜放在老房子里给租屋的人用。大床贴上皮子翻新。梳妆台母亲带走。我用得最多的那张书桌，则不知所终。那张梳妆台，至今都还在母亲的阳台上，被母亲搁着洗衣粉与衣架之类，细金笔勾出的山水画完全给遮住了。但它上方的镜子却还干干净净的，正映着阳台外飘着浮云的天。

我伸过头去，我的脸便也被它照着，在浮云的背景里面容恍惚：镜中人不是我，而是二十年前那个刚刚目睹父亲吐出最后一口浊气的女儿，以父新亡之名，她紧绷着脸，下巴硬硬的，看不出难过。

（2009年）

后记：

这篇《以父之名》写于2009年，父亲去世正好二十年。这么详细地回忆父亲与我的关系——似乎有点苦情戏的嫌疑，但我不想避讳。我向来有些迷信“性格决定命运”，而作为一个小说家，性格、经历、命运，确乎会在某种程度上影响作品（尤其是早期作品）的特质、气量与深度。我想自我解剖、自我分析一下，在打开苦涩核心的同时，也坦露出自己的局限。

这篇小文在《人民文学》发出后，得了点薄名，不少师友都有反馈，有些在三四年后遇到我还要提及，并不都是表扬，有的好友认为我不必要非写这么一篇的。各种评价里出现频率最高的一个字是“狠”。老实说，我个人其实没有太大感觉。与其说狠，不如说真，每一个字都是真实的——这也是我一直比较忌惮写随笔的原因。随笔里，我没地方躲。

（2013年）

母系

我们家族，最近的这四代人，有一个宿命般的特点：女人的命苦于男人，硬于男人。我外婆的婆婆，我外婆的母亲，都是在很年轻时便成了寡妇，慌乱里牵拉着全家往前挪走；姨外婆的新婚丈夫则是战乱中被日本人打死在他劳作的田里；后来加上我母亲和我阿姨，也是早早亡夫。困苦中的女人们由此柔绵、旺猛，同时又穿插着戏谑起伏的戏剧感，并荫及一干子孙男女。

远的不说了，说不清楚，主要说我妈，我妈很有性子，我至今怕她，故只挑些她不会生气的部分来说。但说我妈，必须先从我妈的妈妈起头。女儿的命运都是跟母亲相连的，像终身的脐带。每一代都是如此。

我外婆家里是富农，这顶帽子可一点儿不冤，据说，她是真有好多金戒指呢，在地方上是数得上的，我妈妈悄悄告诉过我，三年困难时期，她和我姨我舅可真没太饿着，在队上跟着集体吃罢糠团子，回家有时还有菜饼子。（嘘！这个能说吗？）

但富农毕竟不是闹着玩儿的，差点儿就没了我。

富农家的小女儿即我的母亲当时与金榜高中至南京航空学院的大学生订了亲，大学生在乡下是珍稀资源，何况这位大学生家里是贫农，其金贵程度等于又翻了倍。富农女儿是绝对攀不上这家贫农儿子的。于是，这门本已落定的亲事开始出现反复，几乎就要退亲了。富农少女为此很是烦恼了一阵子，我母亲受过中等教育，做小学教师，也有相貌，内心的自我期许还是相当高的，若果真被南京的大学生给退了，那真是相当于“跌一大跤”，从此爬不起来，再也没有好人家要了。幸之，天不亡我，经过中间人的一番曲折调停之后，这门亲总算成了，并顺利地结上了。只是婚礼由于逢着“破四旧”，是相当标准的一个“红宝书”婚礼，没有吹吹打打、描红着绿的那一套，连陪嫁戒指都是没有的。不仅戒指缺席，连拥有许多戒指的我外婆都缺席了。那么，我外婆和她的那许多金戒指呢？

根子还在富农上。就在前一年，富农被抄家了。我外婆的戒指全都被抄光了，还有我妈我姨她们的衣服什么的，据说有些衣服由于太小太女孩子家了，后来归还了一部分，但对戒指，大家就都宽容地不计较其是否太花或太女孩子家了，它们统统消失在不知哪里的家家户户了。这一消失，外婆的精神气儿也随之消失了，她不分白天黑夜地跑出去，坐在收割得一片狼藉的麦田里，奇思妙想心灵手巧地用麦秸秆编织起草戒指来，她非常耐心地一编一大把，然后藏藏掖掖的，塞满一怀。回到家，她掏出来，倒在床上，压低声音告知家人：看，我的戒指又回来了！那一个阶段，外婆是一心忙于从大地里收割黄澄澄的金戒指，哪里还会顾得上参加她小女儿的终身大事。

就这么着，似乎有点儿简慢的，我母亲嫁到了鲁家。她的丈夫远在南京工作，与她长年分居，她与婆婆也即我的奶奶又一直关系微妙。妈妈那时候，最盼望的事，就是等星期天回娘家去！

我妈妈的回娘家之路，是她印象里，同时也是我印象里，最为多情有致的一条记忆之路。我第一次数数，就是坐在我妈妈的车上。作为小学教员，她每时每刻不忘她的职业本能。她要教我数牛，我十分自信地张口就来：我会数。一头两头三头四头，许多头……数不下去的数字，统统是“许多”。我第一次单独骑自行车，也是跟在妈妈后面回她的娘家，当时还够不上车座，一路上掏一阵子螃蟹，再偏骑一阵子大杠，汗湿几层衣服，却坚决不愿跌软，好了，一到外婆家，就发烧倒下了。就此赢得要强之名。至今如此：爱撑、爱装，外强中干。

还有第一次吃西瓜，也跟这条“回娘家”之路有关。现在城里的西瓜摊子上，常以很大的牌子写着“东台爆炸瓜”，好像东台专门出产西瓜似的。然而千真万确，在我小的时候，西瓜在我们那一带算是罕物，夏季里，我们都只是拿菜瓜、香瓜消暑。有一次，外婆家给了我们一只好大的西瓜，我大为惊喜：我还从来没吃过呢。妈妈也认真筹划着，回去要冰到井里，让全家人好好尝一下，有可能的话，再分给左邻右舍一两片。妈妈把瓜紧紧地扎在自行车后，带着我高高兴兴往家里赶。哪知才到半道，一个大土坎震下，瓜一下子碎裂了，碎得不可收拾。我差点儿急哭了。妈瞧了瞧，没吭声，索性解开绳子，带着我坐在路边就开吃了，全吃光，一片不留。我记得我当时特别震惊，不是震惊于瓜碎，而是震惊于这种当机立断、十分丢人的奢侈。老天，这么大的西瓜呀，第一次吃呀，就这么难看而粗鲁地坐在路边给啃了！路上不时有人经过，很难不注意到我们，注意到那只汁液横流的稀罕的西瓜，准以为这对母女是馋疯了。许多路人都认识我妈妈，他们是她以前的学生或现在学生的父母，乡里人读书迟结婚早生娃快，不少人从哥哥姐姐到侄子外甥都是我妈妈的学生，乡间对老师最尊重不过，路上碰到，都要下了自行车，正式打招呼的。这天同样如此，他们下了自行车，主动打招呼：哟，王老师！吃西瓜哪！

妈妈回娘家的途中，还要经过一个繁华的大镇，镇上有各种的热闹，妈妈急着回家，什么热闹都不管，只直奔一个地方：肉包子铺。那家包子铺在方圆是相当有名的，不仅仅因为馅大油多喷喷香，而是因为，怎么说呢，在七十年代，再有钱的人家也只是过大年才吃包子的，而且是萝卜丝肉包子，只有大手大脚不想过日子的人才会平白无故地去买大肉包子呢！可我妈就买。到底是有工资的女人，真是了不起的大手笔呀，一买就买二三十个，吓人地多！她报出数目，掏出钱和粮票，店员抻开袋子往里数包子的时候，后面排队的人都会突然安静下来。

我的两个小表哥，老远看到，小土路上奔跑着迎上来，尘土像随从在后面跟着，他们欢呼：小孃孃来了，小孃孃来了。我想他们不是欢迎我和我妈，而是欢迎那些热乎乎的大肉包子。

现在回忆起来，那时候的母亲，可能是她一生中最大方最洒脱的阶段。年纪正好，小学教员，丈夫在南京，确实该派有点风光。我记得，她有一位好友，万老师，丈夫也在外地，两个人都爱美，她们做头发，一定要相约着，骑很久的车子到镇上最大的理发店去，并且挑剔地只认其中一位理发师。每到腊月，女人们排长队烫头发，她们也排，但排到了却又胡乱找个理由放弃，继续排，因为她们不愿夹在中间，担心理发师不够用心。我于是倒在理发店的长椅上，呆呆地睡过去又醒过来，睡上好几觉了，妈妈才做好头发，黑咕隆咚的，带着我往家里骑，我坐在后座，一路上闻到新烫头发的味道。包括做衣服，她也有固定的裁缝，颜色上很大胆，乡下一般都是藏青、烟灰、黑色、老绿之类的，她就是连棉袄也要用异色，比如湖蓝、蛋青、镶金丝线、豆沙红等，像极了富农家的女儿。

我妈妈跟我奶奶的关系不够好，其中有一个原因，是爷爷奶奶和爸爸一直想要个男孩子。可惜，生出我来，是个丫头。虽然我奶奶对我非常地宝贝，但是，到底不完美呀，我爸是独子，鲁家的姓可怎么往下传呢。我妈决定冒险再生，所冒之险，就是刚实施不久的基本国策：只生一个好。

那一年是1980年，计生政策刚刚开始，乡下的女人们以及她们背后的男人们其实还是“不尿这一壶”的，最多就是罚钱，还能怎么样？万一生个男婴，也算值了。那时乡下还没有B超识别男女之类的技术，全是凭婆婆奶奶们五胎六胎下来的实践经验，比如，胎动是晚上还是白天，肚子是圆头还是尖头，孕妇能不能弯腰，孕妇脸上有无长雀斑，肚脐眼是凹还是凸，跨门槛是左腿还是右腿，等等，一些匪夷所思的“秘密指标”，但凡上述指标的“阳性”参数达七八成之高的，那么这家人就不声不响准备好罚款，赌着要生儿子抱孙子了。

我妈妈的综合得分当时也不低，尤其是“怀男孩不能弯腰”这一条，我妈非常典型，连洗衣服她都放在桌子上洗——看来是可以赌一赌的。但她的后果可不是罚款那么简单，她是人民教师，算公职人员了，对公职人员的杀手锏便是开掉工作。并且是来真的，不是生下来停职，生之前就先提前演示——我妈妈显怀之后不久，她到班上上课，发现已被别的老师接管，她被勒令不准到学校上课了。

其实当时的大队支部书记就是我奶奶的亲侄子，但计划生育是高压线，碰不得的，尤其是亲戚更不能塌台呀。于是支部书记、我奶奶的亲侄子，脸带三分笑地上了门，给我奶奶敬烟，大前门，好烟，亲热地喊她“孃孃”（即姑姑）。我奶奶接过，放一边，自顾拿起自己的水烟壶咕咕咕地吸起来。

接着，妇女主任、学校校长、生产队队长等络绎而至，踏破门槛，我家一时间真是热闹非凡。每一次的登门都会带来新的砝码。妈妈的教职不保已属定论，还有爷爷，他当时是大队会计，人称“鲁会计”，他整天打算盘，替大队算账，也经常替邻里乡亲算些豆腐账……颇受尊敬的，他亦以此为晚年的一大事业。但此次要株连着一并开除，“想要添孙子，那就做不成‘鲁会计’！”再下一步，他们言辞凿凿地说要到南京，找到我在省城“高就”、做工程师的大学生爸爸。

这么一步步演变下来，事态就逐渐严重了，等于打仗冲到了最高峰，局势越险峻却也越明朗。其实说到底，在乡间，为一己事体、一家事体去跟大队及大队以上的组织去抗争，输赢结果其实是没有悬念的，只是输的那方，更需要的是台阶和借口——所有上门做“思想工作”的人反反复复都会用夸赞的口气历数我家的荣耀，大部分荣耀未免牵强附会，但归结起来不外乎就是：你们鲁家王家两边都不是单纯的庄户人家，觉悟与眼界也必然要超过一般的水准。云云。家里大小人等苦恼地听说，先摇头后点头，带着一种被激发起来然后反过来深深束缚住自己的荣誉感：沉默中同意了。

其实，到这个时候，败下来，也是虽败犹荣，可以交代得过去的，所有的乡邻观众都是理解的，既不会认为我家人太“怂”，也不会认为大队支书、我奶奶的侄儿太无情。考虑到妈妈腹中胎儿的月份大了，双方很友好地谈妥细节，待遇很好——第二天一大早八点钟，大队里有拖拉机来接我妈妈去镇医院引产，同时享受拖拉机待遇的，还有邻村的另外两位产妇。大队里出一趟拖拉机也不容易，几位产妇虽则孕期不同，有的流产，有的引产，总之都是说好在同一天搭这一趟“公车”去响应和执行“计划生育”。

实际上，家里真正愿意让步的原因，不是所谓的“家族荣誉感”或株连开除公职的压力。另有一个秘而不宣的细节——

就在前几天，肚子已八个多月的妈妈正在过桥，一位接生婆远远看到，大惊失色，她追上来悄悄拉住我妈：王老师，不得了了！你肚子里小孩子翻身了，一翻就明显了，我看这回，还是个丫头！接生婆何许人也？所有经验的集大成者啊，无数的胎儿被她们从产道中拽出，她们深谙关于胎儿信息的全部密码与逻辑推理，可以说她们就是最权威的B超探测仪。既然如此，不如顺势下坡。

一切的元素就此都指向同一个没有争议的终点：这个“二胎”，一命休矣。戏剧性的一幕却在黄昏来临——

就在当天晚上，七点多，天还没黑，不知是连日来的精神压力陡然放松，还是终将失去的胎儿让妈妈既疲惫又伤痛，又或者是老天爷从中开玩笑，总之我妈妈突然肚子疼起来，并很快见红、破羊水：婴儿早产了。我那命大的妹妹，她不甘变作乡村医院手术室的一团血肉，连跑带跳，死赶活赶，完整、健康地降临到人间了。

可是，这又是何等悲喜交加的人间啊，世界对她的欢迎又是多么的三心二意啊。为什么真的是她，而不是他！屋子里一片冰凉，我妈妈说，她当时什么都没有问，听到房间里没有一点声音，没有人吭气，就十分明白了：接生婆的预言从未失手！她一下子昏过去。当时七岁的我，正拼命往人腿里挤，不住口地问：生了个什么生了个什么？

次日清晨八点，公鸡母鸡们都起来了，早起的农夫们都下地了，拖拉机在路口“突突突”，拖拉机手都没有熄火，拉长嗓子喊：“王老师——”靠近路边的邻妇笑哈哈地：“不要鬼叫了！王老师不用去了！人家都生了！”

“生了什么？”车上的其他几位孕妇一齐发问，像关心她们自己的胎儿一样。孕妇们的声音在清晨的薄雾气里抖动。

鉴于我妈妈已经答应，并说好次日引产，婴儿的早产是非主观的“不可抗拒因素”，上面最终出来的处理意见是：教职等就不开除了，你还是照旧做民办教师吧；但这个二胎毕竟给国家增加了“沉重的负担”，所以款还是要罚的。多少？五十六块。当年我妈的每月工资是十四块，是她四个月的工资，相当于现在的一万多块吧。这个处罚应当算是公道的。我们至今还跟我妹妹开玩笑：五十六块，你也就值这个数了。而今想想，这个处理里面肯定有相当大的同情分：这家多倒霉啊，这么折腾了一大圈，都答应第二天一早去引产了！还是胎丫头！

要是我妈生了个儿子，也许会两样情形。四五年后，我们有一个邻居，一直态度顽固，反抗到底，坚决要生二胎，并且他家赌赢了：大胖儿子。由于当年计生政策进入了最为险恶的阶段，到处抓典型，上面扬言说要罚款两千，这真是很大的数目，这家人一赌气，干脆给孩子取名叫“双千”！这么一“逼宫”，反倒讨价还价成功，据说后来罚了几百块了事。

但有人还不大相信呢：鲁家的二胎千真万确是个丫头吗？当时乡里有风俗，新生婴儿要请别家的乳母来喂第一口奶，谓之“开奶”，新生女婴请男宝宝的乳母，男婴则请女宝宝的乳母。碰巧当时周围一时找不到男宝宝之母，我家请来开奶的便也是一位女宝宝的妈妈，故而这位妈妈大为疑惑，她一边给我刚落地的妹妹喂奶，一边悄悄地把手伸到襁褓里去探究实情。唉，我妈妈在一边看了，更加地悲从中来，她多情愿她是在骗人呀！

我妈妈本是要强之人，这整件事、整个过程，她觉得丢人，窝囊，绝望透顶，想死的心都有。那时候，我在妈妈的小学读二年级，她的同事们，也就是我的老师们，一放学就把我往家里赶——快回去劝劝你妈妈，把身体养好赶紧上班，保住职位要紧。我半懂不懂，每天急急忙忙，书包打屁股直往家里飞跑，没跑多久，我妹妹已经会咧嘴冲着妈妈笑了，妈妈的眼泪终于也干了——这个坎，算是过去了。五十六天产假一结束，我妈妈带着摇篮就去上课了，她一分钟也不敢耽搁，万一有个差池，又不准她继续当"人民教师"呢。

但此事还没有完哪。大约七年后，即1987年，妈妈意外地又怀上了。乡村计生政策这时也有了越来越成熟的"群众基础"，全家简单商议，老的少的都一致同意：不留。偏偏妈妈那一阵很忙，忙完学生的毕业考又忙完家里的自留地，又是直拖到七八个月才去做引产，某些细节明确显示：这次是个男婴！

次年，我爷爷病故；再次年，我的大学生爸爸病故。尤其是我爸爸的去世，对我奶奶的打击可想而知，她对这个独养儿子的自豪、宠爱与倚重，达到你所能想象的最高级别。我奶奶在她哭泣亡子时，有一句话是这样的：这才三年啊，我家损失了三个男将。我听了好一阵，才明白，在她的伤痛里，还包括了我那从未来到人间的弟弟。

不过二胎的后遗症在后来还有延续。民办转公办，这是妈妈前半辈子的又一个死穴。当时的乡村教员，有公办民办之分，虽是一字之差，收入与地位却有云泥之别，同时还有心理上的压迫与失败感；但民办身份又并非永世不见天日的终身制，索性那样，倒也就罢了。偏偏民办是“有希望、有机会”转公办的，只是这“希望和机会”少之又少，又总是给“有准备”的人，有后台准备、有关系准备、有物质准备等，这一真理自古至今皆是如此，自也无可厚非。这样，从市里到县里再到乡里，再到每个学校，一层层分拨下来，常常是三个学校共两个名额。而那时候，民办约占整个乡村小学教职队伍的百分之七十以上，故“民转公”一事，永远僧多粥少，永远队伍漫长。妈妈所带的高年级语文，在全乡的平均分排名，不是第一就是第二，可这又有何用，在这个见头不见尾的队伍里，她是有“二胎”原罪的，她只能不断地不断地排，往后排……

可妈妈不甘心、不服气，这过程当中，为了增加“民转公”中论资排辈的竞争力，我妈妈有好几年，都一直在考文凭，考职称。星期天，她骑上几个小时的自行车到县城去上课。星期一到星期六，她每天早起挑水，白天教课，下午回来下地，晚上切猪草洗衣服，忙到深更半夜，才摊满一床的书，开始做高数、背政治历史什么的。她背古文时，常叫我替她对照，我一本正经拿手指掐着课文，一字一句看，可她背着背着，却声音小下去，睡着了……我犹犹豫豫地把书故意掉到地上，妈妈猛然醒了，气得打自己的头，又接着往下背。我总记得那些年，一旦逢到有祷祝的机会、许愿的机会，哪怕有时明明只是大家开开玩笑，我妈妈也会脸色一沉，慢下语调，毫不掩饰她的希冀与渴求：我祝愿我早一点转上公办。

然而，这一切都还不过是命运折磨人的闲笔。她这“民转公”的队伍到底还是没有排完——这期间，母亲身上，同时还发生了几桩别的事体：我的大学生父亲在南京出事情，“生活腐化”了，并被劳教，前后两度。详情这里跳过。稍后，出狱不久的父亲又突然患上肝病，在四十四岁上去世了。详情这里仍然跳过。无法跳过的是妈妈，从父亲去世的这一年起，她由妈妈变成了母亲。命运的大基调这才起头了。

母亲打理完父亲的丧事，当机立断，就像当年蹲在路边马上把碎西瓜吃掉一样，她放下家中原有的一切，立刻抓住一点儿细若琴弦的机会，带着我和妹妹拼到南京来。

她大包小包，连盘子碗筷都一起装上，往南京带。颠颠簸簸的长途汽车上，她一路上跟人谈家常攀交情，这样，下车时，她就可以托大家一起分担她太多太多的行李。最多时，我妈一个人带过十一件行李。她不再是烫头发爱新衣的富农女儿，也不再是受人尊重处处要强的王老师了。她普通话不够好，她在南京没有任何熟人，她还有两个女儿都在读书。她的全部所有就是我爸爸留在南京的四十平米的小房子。

母亲一抹脸，把自己变成了一个凭力气吃饭的女人。没有任何正规单位会要这么一个乡下中年女人。她只得去集体厂里做小工，替工具车间拖下脚料，很重的铁屑子，压得她肩膀上一道道血印子，第二天换一边肩膀继续拖；她骑到很远的地方到一个小公司替人家代账，白天来不及算，晚上回来撑起眼皮接着算；她还找到一份清洁工作，就在我们所住的大筒子楼里，她扎上头巾，打扫公共楼道，冲洗楼梯，收倒垃圾，打扫各家共用的厕所。每次打扫到男厕所前，妈妈需要大声地喊：有人吗？我每次都能听得出，妈妈的声音不自在地有点儿晃动。然后到了月末，我妈妈一家一户地敲门，“哪个？干么子事？”里面抛出不耐烦的南京话，但不开门。我妈靠在门口，带点苏北口音：“我……收垃圾费的，一个月三块钱。”如果是陌生的人家可能会好一些。我妈妈所敲的全是我们邻居家的门。我想代我妈妈去收，她打死也不同意。她要求我昂着头从公共楼道里走。

那一阵子，我母亲大约只有一个小小的乐趣。她生性幽默，尤其擅长替人取诨名，她把这个才华就发挥在这些邻居身上。可能有些不敬，但并无恶意，而且也是不得已而为之，因为这些邻居平常互不来往，不通姓名。母亲到月末点数她收到的垃圾费时，就只能替每家取一个诨名来加以记忆和备注了。比如，个子矮的，母亲名之为“地刷子”，“地刷子”每个月都主动送上门来。有一位高个子女人总是偏着头笑眯眯的，母亲叫她“向日葵”，“向日葵”已经欠下三个月了，总说没零钱。有一位走路特别使劲儿，震得地动山摇的，母亲叫他“跺脚王”，“跺脚王”粗心大意，没有给的垃圾费，偏说早给过了。等等。母亲一边记账，一边用诨名这样来提醒自己——其实还有很多更促狭同时也更精准的诨名，这里不说了，母亲会生气的：在她的道德标准里，这些都是不好的，哪里还能够再写出来呢。

但母亲最大最大的变化，是从那个时候起，用度上变得十分的小气、自苦、克制，比之从前，判若两人。为节省菜金，她从来都是快下市时去找菜叶边子，挑别人不要的小土豆；她与卖粉丝的攀老乡，然后可以廉价购得一大包碎粉丝；她总特意用最小的火头烧水，据说这样可以省煤气；她几年不买一件新衣新鞋，谁要替她买了她就要逼着去退掉；如此等等，这种习惯一直延续至今，她的血液已彻底由富农变作了贫农。

1991年，我妈妈到南京的第二年，十八岁的我第一次拿到稿费，那时父亲去世两年，妹妹十一岁，妈妈四十六岁，这一年，我拿到第一笔稿费：十五块钱。我请母亲和妹妹一起出去吃我们垂涎已久的南京小笼包子。大约点了每人二两吧，母亲一看就生气了：点得太多！三个人二两就足够了。我不服气，跟她提起十年前她大买数十个肉包子回娘家的场景，还有，她专门排长队做头发，还有那些湖蓝、蛋青、镶金丝线、豆沙红的棉袄。

母亲听了一怔，好像完全忘掉那些事似的。她夹起一只小笼包子，很仔细地吃起来。

再补上我外婆的一笔。对外婆的疯病，家人本已不抱指望，哪里想到，不久之后，命运夺走她的又以另一种方式还与了她。四两拨千斤。

我外婆这个人，有个最大的特点，最讲风俗迷信，同时重男轻女，这可能是她那个时代妇女们所固有的东西。但我们孙子一辈的总不大习惯，比如她不许女娃坐下来晃腿，笑的时候嘴唇牙齿不要张开，更不许两脚里外跨着门槛，等等；她平常说话特别讲究“吉利”，比如，米缸里的米吃完了，她的表达是：米缸“满”了，明天要去买米了。同理，水缸“满”了，则说明是要担水了……反正就是绝不肯讲那个“空”字！想想幸好我妈妈出嫁时她无知无觉，要不然，看到那么个简陋的空空的“红宝书”婚礼，她怎么接受得了。

1971年，我的大表哥，也就是我外婆的第一个孙子，历经多重磨难降临人世。关于大表哥的到来，考虑到分岔太远，此处略去冗长情节，略去的关键词有白血病、误诊、早逝、续弦等，总之大表哥的出生，非常的不容易，如同长期黑暗中的一道闪电，把我外婆一下子照亮了。闹哄哄的、临时用作产房的偏厢房里，伴随着接生婆血污的双手和众人的欢呼，我外婆的疯病突然奇迹般地好了。她的原话是：“一看到我家头胎孙子，看到那小鸡鸡，我一下子就耳清目明了。你们知道吗，我原来耳朵里整天吵得要命，看什么都摇摇晃晃的……”

外婆就此康健了，并升级为奶奶。外婆与外公之间，原来相互称对方为铁生爸、铁生妈，铁生是我母亲的小名。这天之后，他们相互改了称谓：迎春爷爷、迎春奶奶。他们的第一个孙子，乳名唤作迎春。

两年之后，我出生了，我见到的外婆一直都精精神神的，她照旧非常地迷信和重男轻女，并把这一点更加地发扬光大起来。她变成了方圆一带特别精通于风俗迷信的礼仪专家，红白大事各有什么讲究什么程序她都一清二楚，加上她与外公多子多福，儿女晚辈里，有做电视台台长的，有做主任医师的，有做工程师的，有做中学校长的，总之，算是比较的圆满通达。有那么好几年，外婆一直是我们那方圆几个村里的首席喜婆，专门负责“搀新娘子”进公婆家，并指点各种传统婚礼的细节，给新娘子嘴里喂糖，往喜铺上撒花生，祷祝喜话……每次做喜婆，她都会被主家赠送两条毛巾。

外婆当时有只大柜子，里面满满一下子毛巾，花色皆是红绿或大红，俗气得理直气壮，她还不让我们乱用。但此种景象并不长久，1989年，先是我爸爸去世了；两年后，我的大姨父又去世了。外婆的两个女儿，先后都成了寡妇，如果要细究的话，很多年前，她的儿子，也即我舅舅，第一任妻子也是婚后不久即因白血病早逝。这是多么诡异的命运线。一时，乡间就有了闲言碎语。再也没有人家请外婆做喜婆了，俗气而令她自豪的毛巾再也没有了。

（2013年）

补记：

可能是哪里约稿，让我单独写我与母亲，又希望短一些。

正好那几天看到一段高仓健的回忆，年轻时他曾为剑侠片拍广告。身上刺青，手持大刀，背对镜头，非常的英武气派。母亲看了画面，悄声说："瞧这孩子脚跟又冻裂了，贴着橡皮膏呢。"也许在别人的眼里，从这个镜头所看到的，尽是高仓健的非凡英姿、高大康健，谁会想到什么脚后跟的冻疮啊，连妻子、儿女都不会注意到的。高仓健在回忆录中提及此事，接下来这样写道："妈妈而今已不在世了。妈妈，我期望着得到你的夸奖，就为这个，我身背刺青、污血溅身，奋力冲刺了三十多年。离别是如此悲戚。我一定要找到能代替你夸奖我的人。"高仓健也许可以找到代替母亲爱他的人，但对于"脚后跟的冻疮"这样琐屑得近乎无趣的细节，却是只有母亲一个人才会知道并惦记的事；同样，他也可以找到代替母亲夸奖他的人，但是，任何一个人的夸奖都不会像母亲的夸奖那样，带给他真正的甘甜与满足。

我打电话把这个故事念给母亲听，老人家听完，心领神会，并应景地讲起我的许多小事情来，尤其在某些所谓的大场合、关键时刻、重要关口，她作为一个母亲的所思所虑。我们逗趣了好一会儿。最终，我沉默下来，有些慌乱，也有点不习惯，但还是想要说出我的重点：妈妈，真高兴有你在，许多事情，只有你一个人知道，只有你才会对我说，只有你的夸奖才最有意义。

亲人的意义往往就在这种外界所不能言所不能及的细小之处。

每年的4月份，不论我在哪个城市，母亲都会担心到我的过敏症。领奖台上满面风光得意，母亲会看出来，眼睛其实肿了，肯定没有休息好。小说里写到一个孩子偷吃猪油渣，母亲一看便知，这是哪年在哪里发生的事情……正好说到小说，有时候想想，我这些年在写作上面所下的这些功夫，关于追求自由、寄托灵魂之类的大道理暂且不说，小道理上，也真是为了博取母亲一笑。

我从1998年至今，写了十来年，身边的家人其实都已经有些“麻木”了，这是可以理解的一种日常，总不能天天跟在后面表示关注和赞美吧，那倒真有点儿变态。我出版的新书或是报上整版的采访、录像访谈的光盘之类，拿回家来，会在沙发上寂寞地搁几天——无人问津，不久，即换个地方，躺到书柜里去，继续无人问津。偶尔得些世俗的功利与荣誉，则更是淡而无味，或者我自己也是故意要处理得淡而无味，以示淡泊明志。但只要到了母亲这里，不论是什么不起眼的小红花小绿草，她都会那样的开心，反复追问，仔细倾听，自然而然地啧啧叹着：不容易啊，了不起啊。那种发自肺腑、不加掩饰的骄傲，让我简直也会糊里糊涂地高兴起来。写作这一事体，说大也大，说小也小，但有了母亲这样的赞美、放大与发掘，似也可以体味到一种亲切的欢娱与满足感——这是只有母亲才能给予的乐趣。

这一小段补记，跟上面的正文不合拍。但还是想留在这里一下，希望与更多有母亲的儿女们小小共鸣一下。补文原名：《只有母亲》。

（2015年）

往事的证人

上

大约十九年前，我有个朋友，叫郑文，有三四年我们保持着非常紧密的联系，然后，失散了。昨天晚上，我到一个新结识的朋友那里去玩，她住单身公寓，四十六楼，从窗口往外看，一片明明暗暗的人间灯火，顾之苍茫。我突然又想起郑文。

那时我们都在南师大参加中文自学考试的复习班。那种短期的夜校非常之松散，全是四面八方赶来的青工，带着各种行业工作一天之后的厌倦，以及年轻时特有的粗糙、既想改变命运又深觉无望的封闭感，大家都是过客般的匆匆神情，到点来，下课即走，极少交流。因我碰掉了后座上她的东西，我们搭起话来。我很羡慕她的长相，眼珠漆黑、头发漆黑、皮肤极白——这么好看的女孩也来搞自考，真值得佩服。

这样地就熟了，并且联系密切，但这种密切更像一种“自助学习拍档”，自学考试那几年很是热门，所分专业和科目极为细碎，每年春秋两季的报名都会大摆长龙，并牵涉到订购教材、选择补习班、选择考试地点、提前摸考点以及考后拿分数条之类的，当时并无电子系统，一切皆是原始与人工。如果有一个同伴配合着行动，便会有很高的效率，我们往往提前在电话里商量好这学期要报的科目，争取做到一致，然后再约定同一天去报名，两人分别排队，再商量是否上补习课，再约定好上课时间，以便相互替对方占下好位置，偶有缺席可互借笔记，诸如此类吧，而今看来，自考也许并无明显的益处，但在当时，却像一番壮丽但渺小的事业，其中的艰涩与小乐趣，自我怀疑，胆怯的放弃或周密的备考，等等，各种情绪，只有对方可以理解和分享。

最重要的是我们性情相投，各自的经历都不太复杂，也许有些保留，但并不刻意。我知道她在一家叫作华电的单位做前台接待，她常跟我抱怨说门厅在冬天里很冷，她们又必须穿得很少。我则跟她说些邮局的事。她也闪烁说起她那到南方去的男朋友，表情会在瞬间变得别扭，我感到她还喜欢着那个抛下了她的人。见我一直没有什么故事，她急了，还替我介绍过一位，记得所谓的相亲时，我还非常惊讶地问过那个男孩：嗳，你为什么不追求郑文呢，她也是单身啊，又比我漂亮。他说：你觉得她比你好？当然啊，我非常热烈地说。现在想想，这对话有点儿滑稽。

自考的一个专业通常有二十几门课，我们结识时各人已考了几门，此后我们携手以每学期三四门课的速度一路往前狂奔，并从大专乘胜追击到本科，如此这般前后大约四年，渐渐地就考到尾声了，很实用主义的，我们的联系竟也随着这一共同旅程的终结而开始稀淡了。印象中她似乎换了工作，她经常自嘲是老姑娘，偶尔也流露出要到南方去的念头，总之她老给我一种动荡感。所以，有一天，再也打不通她的电话，我也并没有十分吃惊，同时也未作任何努力。那时我也没有任何写作的迹象，只是木呆呆地又独自一人继续选了英文专业再往下考——但后面这一截子，没有了郑文的同进共出，我几乎都记不起来了。

这么多年过去了，不知能否再找到郑文，我甚至不知她是否还在南京。每次想起当年，就会想到她。各自的往事里，我们互为陪伴者、目击者与证人。

下

这么短的一篇小文，本不至于分为上、下。但有一个小情况，上部分，我发表在2013年5月的《金陵晚报》上，十天之后，郑文就在微博上找到我了，我们互加关注，私信留了手机，并很快通了电话。她说，文章一出来，很多人就转告于她。我们电话里感叹时光与机缘、现代通信的疏而不漏，然后约定重新见面。

这个……真的需要再见面吗？有一个声音，稍后冷静地问我自己。当然！好不容易找到了为什么不见？有什么理由不见吗？想都不要想的！另一个声音非常热情地反驳我自己。

女友与女友的久别重逢，与一对男女的久别重逢，肯定是不同的。我心里倒是很放松。我们俩挺随便地约了一个茶馆，我挺随便地游完泳就直奔地点：没有化妆，头发湿答答，脸上还留着泳镜的印儿——我有意无意地就这么简慢地去了。我愿意以最无装备的平常状态去与她见面。不是作家，不再装年轻，不用扮幽默，也不必谈文学谈写作之类。

天气大热，冷气很足。我先到的，等了十分钟左右。郑文来了。当然，很远，对视一眼，我们就认出了对方。我大概算了一下，十五年，应当是十五年没有见了。

说不老、没有变化是没有可能的。郑文的眼珠依旧漆黑、清晰，皮肤细白，但头发少了一些，眼角和嘴角以及脖子上，有了明显的皱纹。料想她对我的观感也大致如此。但我们对视着，她从过道走到我们的餐台，我们一直保持微笑，然后几乎是不约而同地大声抢着说：你还老样子嘛！此话一出，不知为何，我内心突然一阵惊慌，并立即意识到：这个见面，也许本可以不见的。不是说不好，而是……人其实不见得一定要叙旧并确证的。

当然聊天非常顺利也很愉快。当年的感觉偶尔也像银鱼一样闪亮地跳动一两下。因为我们都在努力地共同恢复话语系统，以修补一段空白录像。她的嗓门和音质一如当年，但她讲话的风格、习惯性的语气和遣词，好像有了变化，带着一股既特立独行又顺流而下的浑不吝劲儿，相当劲道，同时也显得有些粗俗。我内心有些惊讶，惊讶的同时我也在滔滔不绝，一边有些分神地想着，而今，在她听来，我的讲话方式肯定也与当年那个邮局营业员大相径庭了，肯定有点儿既装知识分子又装街头巷尾，装着看透人世同时又充满矛盾。唉，这么一想，我差点儿就无法开口再说下去。我同情并思念着从前的我们，又悲伤和感慨于现在的我们。

不过，这都只是一念之间，整体上，我们都在抢着说话，很尽责地，从各自的角度把断开后各人的生活进行了提纲挈领但充满细节和分权的补充。她谈起她父母的身体，我谈起我妹妹和妈妈，她又谈起她弟弟和弟媳，弟弟开了一家体育竞彩售卖点，她正好因为厂子整体解散，很早就买断工龄在家，这样一来，便隔三岔五地到弟弟的竞彩点去替他卖彩票。由于这么个缘故，郑文现在对于欧冠、赌球、竞彩一类的十分专业，她花了很长的篇幅给我扫盲，什么新11选5、老11选5、双色球等。我满面堆笑，频频点头，同时产生了一种喜剧般的荒诞感。郑文为什么会跟我谈起彩票来呢？我其实可以感觉到，以她此刻的心境，恐怕这也不是她最想谈的话题。但这可能就是久别重逢的特点，十五年的跨度之后，双方都有一个猛扑的、弥补般的动作，但这种努力，毫无疑问，却会导致意愿和动作之间的变形与偏差。

当然，在“体彩”话题之后，我直率地问到了她，关于她的终身大事。不知为何，我心里有一个直觉。因为单身女子是有气息的，那种稍微有些不合作的、谨慎而高傲的气息。她“嘿”地一笑，垂挂的黑色耳环直打晃：就知道你要问。是啊。我、还、是、一、个、人。

她现在热衷于摄影——这个我原来完全不知，就像她原来也不知我喜欢小说。她跟我介绍了她的各种镜头与她的摄友圈子，也即她现在主要的社交圈。她现有两处房子，都是很早前自己买下的，一处用来出租，另一处她自己跟自己住。她很笃笃定定地：将来又没有人养我，我就用房子养我！她养了两只小狗，一黑一白，她每天带着它们沿着紫金山道跑步，由于这两只狗，她与小区里大部分狗主人都成了好朋友，于是，其中就总有热心人想要替她解决“单身问题”，郑文说到这里，两只亮亮的黑眼珠很厉害地一瞪：你看，就这样的，我眼睛一瞪，我冲他们嚷，哪个说我是单身？你怎么知道我真的是一个人的？

我哈哈大笑，她这话答得真带劲，搞得她好像有多少秘密的男朋友似的！然后我们又谈了一会儿有质量与没质量的男人，谈了会儿关于小三的是非与可行性，又谈了会儿我们各自正在吃的套餐，等等。越来越放松了，越来越像两个天天见面并熟练寒暄的老朋友了。

突然，郑文感慨：你脸上现在怎么这么多斑了？

听到这话，如找到个线头，我马上摇摇头大谈婚姻之苦累、养孩子之烦恼以及这二者如何共同谋杀一个女人。我的言下之意是：倒还不如像你这样单身的好，生活质量是要远远高过我。可是中心大意一说出来，我们都笑了——这一番发挥有着太过明显的论点，反而显得主题先行，在她耳中听来，这百分百是为了安慰她的“单身局面”，而类似的说辞料她必定听得不少……我慢慢住了口，继续谈回食物、如何保持年轻之类。

其实，整个见面中，我最动心最喜欢的恰恰是她刚才脱口而出的那一句：你脸上现在怎么这么多斑了？可是我没有办法接下去，跟她当面抒情，抒发关于十五年的时间，抒发少女期的友谊像花朵一样，死去就无法复活。我更没办法告诉她，虽然这次见面很好，我们了解到彼此的别后状况与各自现状，但出于一种我完全无法说清的原因，我还是更希望：我并没有找过她，她也没有联系上我，我们根本没有这次重逢——我猜郑文会明白我的意思；我甚至知道，她也情愿我们没有这次见面。

分手时，我们随便挥了挥手。此后，我们偶尔在微博上相互点赞或评论一个笑脸，像周遭最常见的那种网络社交关系。我有一个应当是正确的预见：我们，不会再见面了。

（2013年）

辑二　字迹

写在前面：创作谈是与生活的谈话

由于选载或是怎么样，作家经常被“荣幸”地邀请写创作谈或是谈艺录，一般写起来也个个煞有其事，可是怎么说呢，创作谈这种体例，其实总是尴尬和别扭的。小说本身便是虚妄——自然，这虚妄很可倚靠，它自成一体，别有洞天，深广而奇崛。但要就这个虚妄之事再加以自我阐述，甚至还像解读说明书一样地头头是道，我总觉得有违职业趣味。通常情况下，创作谈都有些画蛇添足，破坏了小说的独立性与神秘感。

故而我内心里并不热心于创作谈，但不热心并不代表不写。就像我一直不热心于日记这种体例，但事实上我写了许多年，从小学三年级一直到现在，跟睡前刷牙一样，除非大病，基本没有中断，却总是写得相当之短，以一种实用的做家务一般的态度在写，干巴巴的，全无文采，甚至因为匆忙之故别字连天也懒于改正，有时要查询某事翻看旧时日记，简直自己都不堪卒读。

至今，在各种“截稿日期、长度要求、本刊风格”等的要求之下，我其实真写了不少创作谈，每次一写完，就觉得傻乎乎的，隔了一段时间再看，更是“傻乎乎”的N次方……但话说回来，这种“傻乎乎”总归也是一种痕迹吧，可以看出阶段性的对小说对生活的想法与态度，跑偏的、局限的、自以为是的、卑下的——好的坏的都要自我笑纳，毕竟那是自己在白纸上写下的黑字。赖不掉的，或也不必赖，这就是与生活的一种谈话。

假如镜子有记忆

——关于《镜中姐妹》

如果镜子们也有记忆，这将会令多少镜子泫然泣下！

当一个身形臃肿、面带倦色的妇人站在它面前为了一条拉不上拉链的裙子而烦恼时，只有它，这好记性、好眼力的镜子，会知道这个妇人当年曾有着怎样修长动人的身姿！每一面镜子，它都会有着关于主人的全部记忆，它们总是那么多情（甚至远远胜过我们生活中的爱人）地陪伴着人们一生中各个时期的孤独时光：掉了第一颗牙，你忍着痛对着镜子张嘴而笑；胸脯开始微凸，你苦恼地对着镜子寻思该如何巧妙掩饰；初次约会前试穿新衣，你扭着身子对着镜子左顾右盼，为了发型的细小变化而难以取舍；然后，你做了新娘；又做了小母亲；慢慢地成了妇人，再成了老人……

多少次，当我在尘土翻滚的马路上碰到那些步态缓慢、行路迟迟的老人，阳光灼灼地从头顶上直射过来，他们垂着眼帘，对着脚下的影子喃喃自语——在所有人的视线中，他们都老得失去了性别的意味，似乎从未有过英姿飒爽与风华绝代。也许，他们的父母可能看见过的吧，可惜呀，他们的父母已远离尘世；他们当年的爱慕者也曾见过的吧，同样可惜，爱人已跟他们一样老眼昏花；他们的儿女呢，唉，那更不用提了，那些没心肝的，一个个那么忙碌那么慌乱，哪里会有别人的记忆……那么还有谁呢，谁还记得他们从前的样子？我们只有寄希望于镜子了，那最后的寄托……我想上前扶着那老人，就像扶着若干年后的自己，走到那面从小照到大的镜子前面，我们会看见，在今非昔比的对照中，镜子它突然湿了，像涌出了一串难以言说、无人知晓的长泪。

有时，我奢望我的文字能像镜子那样，为身边已经开始衰老的人们逼真地重现她们年轻的时光，那时的无知、傻气和倔强……似乎仅仅是出于这样一个有些天真的理由，我坐到了一面从苏北县城带来的镜子前，拂去上面的微尘，像拉开一段陈旧的帷幕，那沉默不语的镜子里果然出现了姐妹们的那段风华岁月……春华、秋实、大双、小双，包括小五，她们一个个含着笑向我走来，也许是因为年轻，她们的步子显得有些轻飘飘的，即使是到了某些命运的关头，她们也仍然是那样轻逸，极其偶然、极其随意地就决定了一生的走向——其实镜子里面、外面也都差不多吧，多少个女孩子，对待爱对待情对待取舍，一开始总是那样自以为是，等到她们终于开始谨慎、持重地敬畏命运时，才发现大势已定，后来的些微努力也只是为了心理上的某种安慰……

小县城里的悲欢、喜乐，似乎只有透过镜子去看，才觉察出分外的温良和哀愁。我喜欢春华的老实本分，她是县城里多少贤良女子的微缩，在她的翼护下，哲光会成长为一个健康的好孩子；我爱秋实的飘逸风流，我相信她将来会发生一些迷人的婚外恋情；我折服于小双的骄傲，不能忍受哪怕只是想象中的忽视，她的死恰到好处，如今她比谁都年轻，比谁都好看着呢；我感叹大双的笨拙和逃避，也许她注定就要远离亲人，用一个陌生的开始重建爱的家园；小五，她是既乖巧又乖张的吧，应该是五个姐妹中最有开放性命运的一个……对了，还有父母亲，他们也是不应该被遗忘的关注对象，在他们身上，我投向了更加深情的目光，他们的谨小慎微互相搀扶，对女儿们婚事的苦心孤诣，在变故面前的无能为力，最终必将默默老死于小县城的平凡一生说来也许太过普通，却也是镜子里最为长久的画面之一。这面镜子，照过了那么多袅袅婷婷的姐妹，但闺中花儿在绽放之后必将离枝而去，到最后，可能只剩下白发苍苍的这对父母与光洁依旧的镜子两两相对，相看无言……

你呢，你的那面镜子呢？它的记忆在哪里？你的前身和往事，那跳跃的姿态、迟滞的背影、一闪而过的眼神……

（2003年）

贞洁的铜镜

——关于《正午的美德》

有一段时期，对于都市情感与性的描写，我是回避的。原因有二，一是在各类出版物中过度泛滥，不要说写，读了都有反胃之感；二是出于一种消极的反抗——似乎女性写作者、青年写作者只会并且更擅长于此。我于是花了更多的笔墨在其他方面：乡村教师、赤脚医生、小镇人物，等等。

但种种斑斓的现实如此活蹦乱跳，扑面而来，过分的回避也是虚伪之一种，比如：钟点房。比如：大学生校外同居。比如：联防队员的偷窥。等等。这个时代，性成了最热门同时也是廉价的话题，传说中的贞洁像古老的铜镜一样，蒙上了厚厚的世俗之尘，永远无法照得清世道人心。

对于贞洁的放弃，有人认为那是一种进步，但或许，事情另有隐情——

在《正午的美德》中，大三女生圈圈为了结束她的童贞，如此主动、积极，不顾一切，表面上看是向传统的挑战，是心智的成熟，实质上，乃是一种胆怯与虚弱，面对即将开始的求职与生存压力，她选择了一种消极的破坏式的释放，她要打碎某样东西，然后才有可能重新建造。她对性的渴望，生理的因素小，心理的影响大。

她迈出的这一步，有天时、地利、人和之便，本可以顺当而简洁——一间粗糙的钟点房、一个若有若无的男人，相当于一顿快餐的三十块钱，就行了，就完事了。但事情的戏剧性和反讽性在于，圈圈碰到了美德的灵光一现、灵光再现。

先是程先生，这个已婚男人，出于自卫，出于谨慎，出于道德惯性，对少女的投怀送抱，他想却又不敢，种种辗转与曲折之后，他停在了事情的最后一步，他高尚地搂着少女的裸体，美德的光泽令他感到巨大的精神愉悦……如果到此为止，上述片段仍不失为一幅人间美景。

但我们碰到了钟点房出租者凤珍，这个中年妇女，她有一个同样在外地读大学的儿子，正是为了儿子的学费开销，她开了这间钟点房，但圈圈对性的态度与做法让这个做母亲的感到一种兔死狐悲的情绪：她想到她在外地的儿子，想到圈圈远在外地的母亲……这种“广袤”的、“泛爱”的情感与一个钟点房出租者的利益立场显然是相悖的，凤珍短暂地挣扎了一下，给了圈圈一个错误的电话号码，但这无济于事，圈圈一意孤行。凤珍于是接受了这笔生意。

但当她看到圈圈带来的是一个“老”男人，而不是一个跟儿子一样的男大学生时，凤珍的不满升级了……恰在此时，两个负命在身、维护治安的联防队员出现了，他们打破了事情现有的格局，凤珍的不满终于到达了一个美德的地步，她以一个母亲的名义试图挽救一个女学生的贞洁，并出人意料地主动“报料”，让联防队员打开圈圈与程先生的房门——人间最丑陋的一幕就此上演，赤裸而无辜的男女被暴露在正午强烈的光线下。

踢开这间房门的，不是联防队员训练有素的脚，而是这个时代的暴力之脚。所有的当事人与旁观者，他们是受害者，也是罪人；是德行卫士，更是风尚败坏者；是无可不为的自由之身，也是被层层束缚着的尴尬魂灵。

（2006年）

无法抵达的感官之旅

——关于《穿过黑暗的玻璃》

对于感官，我总是有着盲目的迷恋和病态的敏感——气味、温度、湿度、色泽、光线。这是些具体的东西，随时随地地包围着我们：一只青木瓜的气味，灰尘在空气里的阴影，黑暗中眼睛的光泽，静水深流的明暗。可问题是，谁都知道它们在那儿，却从来没有人能够真正抵达它们的核心，人们粗枝大叶地任由这些感觉发生着、消失着，好像它们只是一种抽象，是一种想象，永远只停留于表象。可我总是认为，正是这些微妙而细小的东西，它们会像子弹一样富有攻击力和影响力，通过一个肉眼无法看到的小孔，它深入我们的内心和生活，不动声色地决定了我们某一时段的心境与遭遇——而所有这些时段加在一起，像失散的珠子那样，连接起来，便成就了我们的习性与运气，我们与他人的关系，我们与自己的关系。

因此，我总是有着一个关于感官的想法，我要写一个东西，这里面，有一个家伙，天赋异禀，她有着才华横溢的超常听觉与嗅觉，对于感官，她隐秘地暗自珍重，给予足够的信赖和重视，她通过感官去感知、判断，与他人和世界交往，当然，因为这个，她获得了先知先觉的愉悦，也体验到被当作精神病患者的隔膜……无疑，这个故事是荒诞的、激进的，可是，也是可信的、温柔的。这里面，我想传达一种梦想和渴望，那是对感官世界的无限热爱与追逐，就像一只鸟，张开它弱小的翅膀，掠过阴险的气流，以最大限度地接近天空——我沉湎于此。

而从另一个角度来看，正因为有了感官的微妙存在，这世上，便没有了真正的秘密可言。官员们的腐败交易，情人们的暧昧床笫，诡计者的复杂手势，绝望者的清澈泪水，这一切的一切，只要发生了，存在便是告知，它们便会产生气味与声息，使空气颤动，使光线交映，在世界的另一个角落，它们将被他者的感官在偶然间捕获，得以感知，事情将以另一种形式重新呈现出来。秘密不复是秘密，它会开成一朵繁复的花，或化成一撮轻飘的烟——这便是感官的表达方式和控制手段，它让世界透明、变形、温和、危险。这里面，有一种趣味，有点顽皮的，或者说，有着莫大的悲哀。

……暮色中，我们点起了一盏灯，它的光，在瞬间无限延伸，直到苍茫宇宙；而我们所见，只是目光尽处的几米开外。对剩下的那段无限的感官之旅，我向它致敬，向它挥别，为了我们永远抵达不了的感官终点，那未知的巨大力量。

（2006年）

我曾是秘书B角

——关于《秘书之书》

对人群进行分类似乎是一种潜意识，迷信者大有人在。有的信星座说，有的信血型说，有的信生肖属相说，有的信地域人种说，有的信性别阴阳说，男子似泥，女子如水……这些我都不大信，我信“职业说”——按职业对人群进行分类，可能更接近人的社会性，其知识结构、其生长环境、其生理习惯、其心理定式等。比如，我们谈到一个陌生人，不会特别介绍其血型或星座，却往往会这么说：他是个医生，她是个会计，他是小报记者，她是歌舞团的，等等，似乎这足以大概地了解一个人，继而，因为他们的职业，你会产生兴趣或感到厌倦……几年以前，我相信，半生不熟的人们都会这么介绍我：那家伙，是个秘书。

是啊，我曾经做了八年秘书，我所在的单位分工很细，秘书原先是跟人的，哪个秘书跟哪个领导，固定搭配，与司机无异，如同随身行李，领导到哪儿吃饭喝酒、开会讲话，秘书都要悄没声息地如影随形。后来，机构精简了，两个秘书管五六个领导，两个秘书分为A角与B角，如同演员似的，人停戏不停，秘书永远要跑龙套，要保证领导的所有工作流程与所有讲话滴水不漏……

我写过《方向盘》，自然那是写司机的，因我曾经跟小车司机混迹多年……终于，还是想写写秘书，写写我所共事或所接触的那许多男秘书与女秘书。我们有一些共同的特点：讲话谨慎，走路悄声，脾气柔和，离开领导办公室会倒退着走路；在任何一个会场，都会携带三支以上的钢笔及若干白纸——那是我们不可或缺的随身行头，因为领导随时可能会有重要的讲话，而我们不能漏记。为何带三支以上的笔？你或许不解。

“以防万一。其中的一支坏掉。第二支也坏掉。再或者，第三支也坏掉，你知道，中国产品的质量……而且，万一领导突然需要，万一旁边有人借，万一……”一个标准的合格的秘书会这样回答你。

瞧瞧吧，这是我们做秘书的严谨思维。哪怕就仅仅是为了这文件夹里三支以上的备用笔，我也得写一下《秘书之书》。

当然，我们不排除秘书们的光大前程，其中的头脑灵活长袖善舞者甚至可以盘弄到“一人之下，众人之上”的境界，就算笨拙些的，通常也会善始善终，有一个说得过去的好位置在他们人到中年之后候着。但秘书一职，何其微妙，说到底，他的命不是他自己的，他只是一种藤一种萝，如果依附有误，顷刻间也就会哗啦啦大厦倾倒了，就算他曾经为了那棵大树，抛弃掉一切真善美，却又如何，还不是潦倒收场。或许我太过悲情，但没办法，谁让我是多年的秘书B呢……这职业的烙印，阴性的、卑微的、善变的，如同胎记，或将终身伴随。

（2007年）

委身于“善”

——关于《逝者的恩泽》

提笔写字，讲个故事，说到底，其实就是一种托付与委身，托付一个幻梦，委身于某种意念。

一度，我对人性中混浊下沉的部分非常中意，喜欢穷追不舍，看世间为人为事，如何失信，如何失德，如何失真，力图处处写得惟妙惟肖、不依不饶，所谓“愈堕落愈美丽”，似乎那种刻薄与刺刀见红便是功德圆满的写作宏图。

但近年慢慢发现，我所流连忘返的那部分，其实只是人性风景之一种，既有混浊下沉，则必有明亮与宽容，何不眷顾于后者？再者，想到一个寓言故事：狂风与太阳，都想剥了农夫的衣衫，一个是劲吹，一个是暖照，到最后，反是太阳得胜。所谓恶与善，几可比之于狂风与太阳，如果我真想通过笔下的故事与人物寄托点什么道德文章，真不若选择一轮暖暖之日吧。转念及此，似有所悟，再经选材取舍，又经腹中春秋，便有了这篇《逝者的恩泽》。

回过头来说小说本身。

“恩泽”，是个略有些夸张的词汇，明显高出生活一大截的。其实，生活中的人，首先想到的是要过活，活了自己，才会顾及他者。但如何“活”自己，又如何“顾”他人，这当中，或许便有了淡淡的“恩”与浅浅的“泽”。

——正如小说中，红嫂之接纳古丽，青青之怜爱达吾提，以及张玉才与古丽之间最终复归于零的一小段情感。这些人物，绝对不能说他们在故意行善，德行如何高尚，如何懂得宽容与取舍之道，不是的，他们只是在过日子，在为人处世，在迎来送往，只不过，在下意识里，他们遵循着一套古老而保守的法则，这法则，如盐入水，无形无踪，反正，我们所能看到的，他们的所思与所为，发乎天性，亦止步于天性，而从未想到过施恩与泽被——这样看来，我给他们的故事命名为“恩泽”，倒是做作了，文人化了，趣味化了。

不得不稍稍提一下的是“逝者”，作为文章标题的组成部分，作为催生整个故事的幕后主人公，他没法上场，也没法下场，因为他只是个亡故者，但你不能不承认，他这个死亡，是动了智力，更动了感情的，对两边的女人、两边的家，他都爱得太小心，却又爱得没本事，爱得不漂亮，那怎么办呢，这个木讷的男人，想来想去，不如一死，他以这一死，还真换了不少东西，诸如抚恤金，诸如女人们的念想与和气，诸如红嫂的平静晚年，诸如达吾提的明亮双眼，诸如青青将来可能会有的好姻缘，等等。你不得不承认：这个叫陈寅冬的男人，他的死，真算是桩划算的好买卖——他得到无上的恩泽与垂怜了。

（2007年）

经验与虚构的“暧昧”

——关于《风月剪》

生有涯，而知无涯，我们永远掌握不了扑朔迷离的万种物事，何况手掌有隙，记忆善忘，就算曾经知晓个一二三四，或许也是丢丢拉拉，严重变形。故而，不独记忆，甚或经验与体验，所谓的职业经历与人事往来，所谓的爱恨消长与得失寸心，均是不可依赖的——它们太渺小、太有限，它们，支撑不了我一直在膨胀着的创作欲望。那怎么办？好在，有虚构与想象，这个好呀，无边无垠，与天地同生共长。招之即来，来之即坐，相看不厌，缱绻忘返。如有善缘，记之录之，或可成就小说一章。

我的《风月剪》，正是这样的产物。

来看文中，我是男孩子吗？我学过裁缝吗？我跟随过那温和悲凉的宋师傅吗？嗨，当然，答案全是“不”，我在撒弥天大谎，我在编破绽之网，可是我是个艺人，这是个小说。您不能怪我，或许，您还有点儿喜欢这样，被骗得物是人非、江河倒流。

但话说回来，就如同老人家所说的“世上绝没有无缘无故的爱”，世上也绝没有“无缘无故的虚构”，就算是谎言，它也是有倚仗的，是落地生根的，它跟经验之间，有着暗度陈仓、藕断丝连的大暧昧关系。像是几万片树叶与根的关系，像是千万缕头发与脑袋的关系，像是云中风筝与手中独线的关系，再怎么狂放不羁，再怎么恣肆汪洋，猛回头一瞧，跟经验还是脱不了干系，总得在过往的日月光阴里，有个影儿有个样儿。

这《风月剪》的影儿与样儿，是我幼时里关于裁缝铺的记忆。太美妙了，我喜欢一切带有专业气息的地方或东西，比如，豆腐坊，木匠的工具包，赤脚医生的盒箱，牛倌身上的味道，生产会计的算盘，在少年人心目中，没有比那再具有魔力的了。而裁缝铺，这跟我妈妈有关系。她是个喜欢在穷日子里用穷办法打扮自己的女人，她年轻时，省得要命，省下来所有的钱，最爱跑两个地方，理发店与裁缝铺。她甚至与那里面的师傅们建立了类似现今“VIP”客户的关系，可以打折，或享受不排队、提前取货等方面的优惠。

在这种愉快的消费场景中，自然，她总带着我，虽然我曾经因为一块花样复杂的“的确良”布料跟她大闹过一场，哭泣长达一个黄昏——我认为，在她做了那么多件漂亮衣服之后，也该轮到我了。我也是个女人呀，虽然才八九岁。这样的羞恼事毕竟偶尔才有，大部分情况下，我有些像《风月剪》中的“我”，沉醉于那种碎布头与旧卷尺的味道，享受缝纫机所发出来的“专业”声音，并尤其着迷于大剪刀在布料上大刀阔斧地动作——现在想来，从心理学角度看，这是一种被压抑的破坏癖，我喜欢看到完整的东西被剪开、被重构、被变形，甚至赋予神性般的通灵……

最后，我还要说到宋师傅，就算他在性取向上符合大多数人的尺度，他还是会终身抑抑的，要知道，他实在太白净，太修长，太精致。在七八十年代的乡间，他这样的形象，这样的活法，在本质上，就是个错误，错误就得被擦去，被剪掉，被屏蔽。同样的，我们也可以知道，就算是现在，这个号称宽容与自由的时代，同样，有另一些“宋师傅”，他们依然在被当下的“风月剪”所戕害，有机会的话，我会写一写那样的人与事。

（2007年）

我有一个梦

——关于《超人中国造》

可能没有人相信，我有一个白日梦，听上去像痴心妄想，或曰老天真——我希望尽可能地让人们高兴，感觉到各样的小快活小满足。对世界对人生，我是以悲剧为终身背景的，但在前景，在一幕一幕的构成里，我希望是喜剧的起承转合。

可惜人们越来越少有喜剧的精神，特别是有智识的人群、有担当的阶层，由于所思过多所虑极远，常常很难快乐。倒是在平民与草根里，喜剧的土壤还是黑黝黝的，黑得发亮，那是几千年来中国人“满脸油汗的笑”。对于中国人的禀性，我总是带着无限的兴趣——其卑微，到了尊严的地步，其弱小，到了宽大的地步，其复杂，到了局限的地步，其上进要好，又到了自圆其说的地步；骨子里，永远有种“话说回来了”的迂回，碰到再大的难事坏事，他们都有办法能把自己给救转过来，仍然能够快快活活地裹着寒风喝两口小酒……

话说到此文中的“中国式超人”——刘传强。起先是我给他在编故事，我想在全球化工业的大流水线上，写这么个薪水微薄的小工人，在最无奈最贫贱的一碗水里，他仍然能有声有色，收获鱼虾与浪花……写了一小会儿，我就发现，是刘传强他在代表城市平民们给我编故事了，他天生就是那么个人嘛：知足的、小聪明的、自不量力，却又无限乐观的。这种天性，像苇，看上去那样弱与细，随时要断的样子，可是不，人家很韧的，结实着呢！就跟那批在海洋上漂了十四年、漂了六万多里的中国鸭子一样……

——许许多多跟他一样的“中国式超人”，都是这样的，在他们小小的角落里，用他们小小的智力与努力，像锄草一样，锄掉各样的烦恼与折磨……而这生计的烦忧，其实也正如草，春风吹又生，年年皆枯荣——但没关系的，不怕的，来了就总会走的。我前面说过，草根的世俗，最有喜剧因子、最富写意式的大哲学，你或许以为他们如何不堪、如何绝望，可是，未见得，我想你或许错了。

所以，也可以说，我的梦，正是寄托在刘传强身上的，我希望我是他，也希望你是他，或者，你身边，有一个他那样的小人物。你会发现，嗳，对的，这人，很有中国味儿的，好。

（2008年）

主角其实是“东坝”

——关于《纸醉》

对散落民间、自生自灭的手工，一直有兴趣。对身有残疾的人生，始终怀抱追究与敬畏——正因其缺，乃有所灵。对不得圆满的男女情感，那种惆怅，难以释怀。对原村乡野的生死无常，我小心触碰，以为至美。可能正是这几样心思，叠加起来，有了《纸醉》。此篇，想了很久，写得却快，改得又慢，放放，再改，前后五六个月。其实我是个急性子，但有些事，自知须当缓行，如走山阴道。

究其实，写一个哑女，写剪纸，写内敛的旧式情感，于我的经验而言，其实是不足的，但我不怕，我知道，只要有了东坝做底子，开音就会自动地出现在那里了，包括伊老师与她的父亲，与大元、小元，他们抬手做什么，张嘴说什么，根本不用我想，皆纷至沓来了！特别是伊老师，这个角色，已经在我的各篇小说里，出现了好几次，我实在是很喜欢他，甚至，我想把他写成一个“著名”的配角。还有竹笛，各样民乐中，我颇喜其声，因它能同时吹奏出极苦与狂喜，想都没想，我就让大元袖上它了……连我自己有时也觉得奇怪，“东坝”二字，似有魔力，一想到她，想到我曾于那山水间日生夜长，我就“醉”了，醺然而不自知，醉后的书写，那糊涂是真糊涂，可那性情亦是真性情。

所以，我总想，在《纸醉》里，我其实并不是单单写了开音、剪纸及那无疾而终的情分，另外还有一个主角的，甚或是唯一的主角：东坝。

在东坝镇上，按照记忆或想象的样子，我再现那些苗禾、雾气、鸡鸣、街市。同时还安插了许多人物，又替他们加上些故事与情趣，加上些宿命与戏剧：白面修长的裁缝宋师傅、热心公益的伊老师、既痴且瘫的兰小、因种植大棚瓜而对颠倒四时感到别扭的木丹……我的东坝，在我的小说里，作息起来，热闹起来，多情了，也伤感了。

我故土的大名，其实叫东台，江苏盐城东台，我记得她一清二楚，因为我在她怀里待了十四年之久，在那里，有我一切关于人世间的记忆，我的乡邻、我的小学、我的玩伴，我割过的青草，我跌倒过的小沟，还有我记忆中尚未老去的那些村人们的面孔……

离开她之后，像许多所谓在外工作的人那样，我多次回去，我看到一些变，也看到一些不变，奇怪，我多么矛盾，不管她是变得好了、变得糟了或是一成不变了，我均会感到伤心，带着旧文人式的爱与哀愁，慢慢地，这唤起了某些东西——可能正是一次又一次的回乡让我魂魄有动，我对乡土的传统情怀越来越珍重了，那来自苏北平原的贫瘠、圆通、谦卑、悲悯，那么弱小又那么宽大，如影随形，让我无法摆脱……每念及此，似有所悟，再经选材取舍、腹中春秋，便有了诸如《纸醉》《颠倒的时光》《思无邪》等一批“东坝”系列小说，它们寄托了我心目中“温柔敦厚”的乡土情怀。

我这样真真切切地常怀热泪，惦记我的故土，可她，未必就记得我，她的怀抱里，来来去去，多少的读书郎，多少的负心汉，多少的浪荡子，她哪里能一个个记清？她只是那样一无所有、满不在乎地裸露着，躺在高天厚土之中，四时收获、生死轮回……故而我不敢直呼其名，我只能怯怯地另外叫它：东坝。

自然，这个乡土，与前一辈作家的五十年代贫瘠乡土、六七十年代的“文革”乡土是大不同的，我的乡土是八九十年代的，它正在城市化边缘的乡村，复苏而躁动的；胆怯又茫然的，就像我们这一代人一样，一双脚立于纯净的大地，可大半个身体，却在都市里呼吸所有的混浊。

故而，我与东坝的关系，注定便会是这样，我的肉身，虽饮食于都市、悲喜于都市，但我的魂灵，仍滞留在东坝，长夜不归，我要趴在她的泥土上，撷取那些微的温热，用来慰藉那许多与我一样，有着乡村记忆源头的同龄人。

（2008年）

田野上空的红旗

——关于《燕子笺》

我的童年时代，周围有很多老师：母亲、舅舅、舅妈、姨伯、干妈，他们来往的朋友，他们的话题，他们的喜怒，一概与学校密切相关。所以，也可以说，我是在乡村学校里长大的孩子。还没上学的时候，我就倚在教室门口，与里面的学生一起背诵《致颜黎民的一封信》；毕业班拍照，我会被“关照”着免费拍一张黑白一寸照；漫长的夏季，我跟母亲到小学校去值班，在阳光白晃晃的空操场上奔跑；年终的教工会餐，我与另几个教工子女一起跟在后面蹭饭，看平日里古板的校长喝得脸颊微红……

这样，不自觉的，对于乡村教师，总抱有一份亲人般的眷恋与热爱。他们与地道的农民不同，亦不类于真正的知识分子，在他们的为人处世与传道授业中，既有庄稼人常见的那种实用主义与乐天知命，又有被知识武装后的迂腐与浪漫，他们懂得一切与大地、耕耘、撒种、收获相关的酸甜苦辣，却有着不自觉的抽离与幻想，似乎自己是原始乡土与进步文化间的传递者，是改变乡村命运，尤其是下一代乡村人的不二使者，他们文弱的肩上，有种不自量力、固执的道义感——习惯性的单纯的爱国主义、“鲤鱼跳龙门”式的教育观、对“知识改变命运”不知疲倦的推广……哪怕是一名专门负责给学校烧火、打扫、敲钟的老教工，在他身上，我都会看到这样积极到天真的气质与信念——我想，在苍凉广袤的中国乡野，无数所极其简陋的小学里，一定有无数这样的乡村教师，他们细小不舍、亦庄亦谐，哪怕是一间悬而未决的厕所，一台大杂烩的六一文艺汇演，都会在荒诞之中，演绎出无意义的消耗与有意义的激情……

《燕子笺》中的红旗，现今已不在我就读的小学里飘扬。最近这些年，我们那里的乡村学校正在进行大规模的合并与撤转工作，大概是为了集中有限的资源，提供给同样有限的少年们……想来，像厕所这样的事情，不会再让束校长与伊老师为难了。

每年回乡，经过原先的操场，面对消逝的学校，我很想找到一两位现在的乡村教师，停下来与他扯上几句，我会指给他看，在手臂尽头的虚空处，随着我的描述，会幻化出某种景象，那面带着折叠印子的、不是很新的红旗，呼啦啦地飘起来，飘在冬季里灰黄色缺少色彩的田野上空，在那下面，站着往昔的束校长与伊老师，他们灰蒙蒙的单薄身影已与大地融为一体。

（2008年）

在皱褶里

——关于《墙上的父亲》

“人的记忆分为浅层记忆和深层记忆。大脑生理学中这样讲：浅层记忆发生在表层脑侧头叶中的语言区，深层记忆发生在大脑的深层部分——旧皮层中的海马。故，海马还被特别称为‘记忆信息的管理塔’，它是记忆的中枢，负责收集各种信息，并把这些信息综合起来进行取舍选择，加以记忆和长期保持，一旦外界刺激，还可以再生……”

我被这段话迷住了，随即找来人脑结构图，看那海马区的一层层肠子般的缠绕及其下的皱褶。我在想，那皱褶里都有些什么？从幼年开始，从初次的钝痛或微喜开始，我们的记忆、经历、想象、幻觉、梦境……一层层叠加起来，有腐叶或花瓣，有刀刻火灼，有轻描淡写，最终，皆化于无形，陷入海马区最深处，日深月久，浑无天日。可能，那些纷乱的意识将被永远地遮蔽，直至老年，痴呆症或失忆症来袭，一切轰然消失，漫长的一生复归为白纸一张，随风消逝！

但也可能，如果足够幸运或不幸，其中，会有那么一星半点，因为某个雷同的场景，突兀响起的电话铃，街道上横流的污水，等等，昏睡的意识被激活了，那滞重的皱褶里突然间泥沙泛起，乃至惊涛拍岸，不知羞耻的热泪猛然间当街夺眶而出：宿命的亡故、消逝的幼年、他人的创伤、亲爱者的泪——不相干的关键词狼奔豕突，把皱褶最幽暗处也照得一片雪亮。

得承认，对这些皱褶里的幽暗处，我一直是存有贪念与野心的，我总想着，要尽其所能地触碰、搅拌、逼视，我喜欢临近人性的深渊，看那崎岖的风光——不是因其美，或者只是因为其中有酷烈与温情、绝望与妥协。

《墙上的父亲》，便是这样一个产物，是我旧皮层中海马区的最深处，经过复杂的物理运动与化学反应，交织固有的经验与狂乱的幻象，它降临了：一个父亲缺席的家庭，一个自尊却寒酸的母亲，两个以各自方式弯曲生长的女儿。父亲在墙上，如月光或阴影，他对她们的影响，那么小，小到变成巨大，大到病态蔓延，可同样，他也附赠了另外的礼物：最坏的岁月中，性情最好的流露，亲人们之间悲悯的关照和搀扶。就像小说中母亲所说：吃得最苦的苦，享得最好的福——苦总是具体的、肉体的；而福，却是无形的、精神的。

所以，正是因为这样一个比较“虚”的出发点，《墙上的父亲》，它并不是以情节取胜的，也无特别惊人的冲突，甚至，故事也谈不上完整——因为，这一切皆不在我的视线之内，我的目光与注意力，全都集中在母亲与两姐妹说不出、做不出的那一部分，她们为什么会成为这样的人、这样的性格，她们相互之间，爱之深切，却为何表现得疏淡？她们想要高纯度的爱与被爱，可取舍中为何偏偏走入粗鄙的功利之径……说到底，我不是在讲故事，而是带着你一起，走山蹚水，执拗地往破败风景的最深处走，彻底地敞开、暴露、拷打。

（2009年）

爱的最后一口气

——关于《取景器》

我比较私爱《取景器》。就在不久前，《文汇报》一位记者问及最爱的中篇小说，我想了想，还是说了《取景器》。

小说通篇的自述者为一个老男人，也有读者会认为这篇小说不够“自然”，但没办法，我就是喜欢。我有些变态地这样想：我的内心，住着一个衰老的男性。

《取景器》其实是一个未完成的长篇中的一小段，而这个写了十一万字的长篇，至今还在我的电脑里，并且，我不知道它还将默默无名地待多久——这小说的本意，我是想写“爱”的，作为一个情商有点缺陷的人，下决心写“爱”已经不容易了，但写着写着，对爱情这一主题的不信任与幻灭感就海水一般地涌上来。我没法去发表一个我不够确信的东西。

但在《取景器》的这部分里，我还信那么一点，并尝试用小说的外壳，表达我对“爱”的理解，对各种情境或关系的思考与理解，诸如“爱”的存在样式与可能性，“爱”的无疾而终，“爱”的虚无与归零，对所爱的诀别与告白，等等。

对情感的难度与广度，每个人都是一样的渴求，我也一样，那像是一个无底的悬崖，我忍受着恐惧，站在边上向下张望，我想无限接近！但问题的悲剧点在于，我永远近身不得——人与人彼此间的遮蔽与误读，正是社交生活的本质所在。

在《取景器》的结尾，患有绝症的“我”，将以几张照片的形式，存在于摄影师情人那过了时的“取景器”之中，哀哉命之将尽，唯有爱意一息尚存……这是爱的最后一口气息。

（2009年）

笨拙的发言

——关于《惹尘埃》

没有人点我的名，或者也轮不到我站起来，可偏偏就是坐不住，缺乏涵养地冲动着，语无伦次地欲吐胸中块垒——《惹尘埃》就像是一个笨拙的课堂发言，我想，它的意义不在小说艺术，而在我涨红的表情与憋屈的心境上。我不知我为何总是如此心意难平：我想不通人们对肉身与精神的顾此失彼，于是有《铁血信鸽》；我对不同阶层的隔阂心怀戚戚，于是写《致邮差的情书》；我对安全感的稀缺倍感愤怒，于是跟下一份“发言稿”搏斗……

具体到此篇《惹尘埃》，立意之初恐怕也有些小疯魔，一切的谎言都成了我的过敏源，从避之不及到穷追不舍，在其尘埃中直滚得衣衫破败、涕泪交流，甚至故意粗糙地舍弃了对语言与技巧的讲究，只图尽可能地大声。作家奥康纳说："对耳背的人，你要疾呼；对视力不清的人，你得画出大而惊人的人物……"我恨不能贴着每个人的耳朵，对他说，对她说：这沙尘暴般的漫天谎言，你们真的都习以为常，心平气和？你们真的都笑而纳之，参与制造然后彼此分享？

……我一心以为我会愤怒到底、不合作到底，继而在一片乱糟糟的灌木丛中走投无路、不知所终，然而，这个发言过程如此奇妙，没有人打圆场，或是逼着我给谎言献花，说着说着，往古时看看，往左右看看，往后面张张，我发现我的腔调变了，想法变了，最终的结果是：我老老实实地认同了这个以谎言为关键词的混沌世相，并甘愿跟它一起跳起了进退自如的魔鬼交际舞，结尾处，我甚至给谎言致以了颇为用心的书面献辞，赞美它在整个人类发展史中的伟大功用。现在的我大概比起初要稳重得多吧。

除了感谢《人民文学》与《小说选刊》给我以发言的讲台，我想，还得感谢肖黎、韦荣、徐医生与小冬，包括那个不幸亡命的丈夫，以及电话里的"谈判高手"，他们年纪参差，所思所虑各异，可他们都以他们的立场与节奏陪着我，在这条漫长无尽的谎言之路上走了一程……当然，除了信仰与信任危机，读者可能还会从《惹尘埃》中注意到老年之境、就业之困，或是代际道德观差异、人的孤独与宽容，等等，但这些都不重要，重要的是，我发言了，以小说的方式——这是我唯一能做的。

（2010年）

艺术与俗世的博弈

——关于《伴宴》

偶尔，我会装模作样地“铁肩担道义”。有一段时间，我关心这个：关于传统艺术样式及其所代表的雅正趣味在当下这个泛娱乐化消费模式下的乖谬图景，比如曲艺、书法、版画、民间工艺、戏剧、杂技等，当然也包括文学。我有一个感觉，这里面的风景，可能正是我们这个时代精神生活与物质生活关系的典型体现。

这个时代的物质生活，我想人们已经操心得足够全面足够深入，那么多的行业，各有分工，有的涉及人类的政治与经济生活，有的承包人类的情感与肉体生活，但精神生活这一块，却是被人们放空的、悬置的，大部分人，只要荷包鼓鼓、胃口棒棒就万事足矣，听凭精神生活荒草丛生、顺流而下……而这一块，显然就是各种艺术门类所必须要认领和承担的一个空间。试举一例：关于资源稀缺，人们都在谈论物化的资源，土地、粮食、水；或者是间接的资源，教育资源、就业资源、权术资源，以及由此产生的遍及各个领域的竞争，但作为艺术，就应当往深处走，再深一点，我们还会看到——理解力的稀缺，爱的稀缺，同情心的稀缺，耐心与宽容的稀缺，理想主义与浪漫主义的稀缺……

但现实的严酷性在于，享乐主义的俗世生活具有强大的惰性与从众性，要进入艺术所引领的精神空间，往往存在一定的障碍，有着对智性、理解力甚至是一点专业性的要求，对一个崇拜速度与效率、追求利益最大化的时代来说，艺术显得太过“务虚”，着实令人望而生畏以至选择绕道而行，人们宁可呆在电视机前哈哈大笑一个晚上。于是，我们通常所看到的局面就是：在“进步”和“现代性”的名义下，在求生存、找活路的胁迫下，我们的艺术正面临着隐形的摧折与蜕变，并且，这不是一时一地，在不同的国家与城市，在各种艺术领域，都或多或少遭遇到大同小异的普遍尴尬与消极碰撞……

对此，拍案而起或悲天悯人的感叹或者已经抒发得太多太多，并且，大多是隔靴搔痒的无用功——实际上，一个人、一对矛盾、一个世界，永远不是你所看到或想当然的那个部分，它还有更广阔或更细腻的部分。我总相信，艺术的强大与自由是可以超越并解决世俗的局限性，否则它便不是真正富有生命力的艺术……

在《伴宴》里，我虚构了一个技艺超群的“琵琶手”，她是“别在民乐团寒凉衣襟上最后一朵自由的小花”，并建构了一个夹杂着艺术之魅与三角关系的情感框架，以之作为小说“及物”的部分，继而通过这几个主人公来表现身在娱乐消费格局中的民乐手们，写他们的相互搀扶与个体守望、他们的凌空蹈虚与远大情怀。其实，细究中国古器乐的材质，大多取之天地、法乎自然，比如，笛与箫，乃竹；埙与缶，用的是土；鼓用了皮革；磬，为玉石；而响板，仅是两片脆木而已；此外，还有苇膜、蟒皮、马鬃……所以，我也借小说中“琵琶手”之口发表了一小段“声无哀乐论”:“这些古器，从来就是这么自在的，高于庙堂，或低在陋巷，都与它本身无关，正所谓近者自近，远者自远……”以此来传达一种可上可下、可远可近的艺术自由之境。

这与文学，自然也有相通之处。我们这一代的写作背景，与八十年代早已不可同日而语，常听有同行感叹生不逢时、错过高峰，但我却另有乐观之见。现在这样的时代，当可视作最为有效的过滤器与试金石，混文学的，以文学取名声、以文学求利益的，皆可休矣。文学回归到了朴素，它重新获得了伸展自如、无牵无挂的自由。它就是情怀，就是精神生活，就是人类文明所必须，就是对陌生心灵的影响力。

所以，说到底，小说《伴宴》所试图揭示的，正是这一意义上的大自由。在这个时代，民乐、文学，或其他艺术，它本身就具备无限的通达与延展性，它与世俗之间，不应是非此即彼的控制与局限的关系，也不是此强彼弱的躲避与被动的关系——艺术与俗世，虽非佳偶，亦非对手，他们是互相控制、相互合作的契约和同盟关系，也是各有进退的智斗与博弈关系……而这一切，也正是我们这个时代精神生活与物质生活的真相。

（2011年）

我不知道风往哪个方向吹

——关于《死迷藏》

以偏执的方式书写，写的还是偏执型主人公的时候，我自己大概预先就拧巴好一阵儿了——总感到那些牢不可破的约定俗成，忽然就经不得看、经不得问了；对公认的甚至也曾经热烈追随的价值观与人生法则起了谨慎的、没由来的敌意，稍微往深处想一想，就有天地失色之感，脚下摇晃，视线模糊。宁静、满足、幸福，这些正面的、积极的词，怎么也没法把它们安放在我的笔下……

当然，这个小说最初的动机是个体对脆弱生命的焦虑，也即笛卡尔当年的“芦苇”论，或者又如孔子所说“未知生，焉知死”——这是个陈旧的、似乎无法展开讨论的悲剧性命题，如要当真，大概就成了常言所谓的“庸人自扰之”……可是，话说回来，一切古老的话题，诸如爱情、政治、信仰，当然也包括死亡，在每一位个体、每一个时代、每一个国度，都会有着新鲜、异样、令人颤抖或疯狂的表现……总之，当死亡的背景幕布拉到我们这儿，高度发达、你争我赶的文明造就了无数反人类的城市规则，一切的繁荣与速度，都铺垫着无数对柔软个体的埋葬或伤害，甚至包括以文明的进程、社会的进步、人性的名义……许多明白事理、豁达大度的人恐怕能够想得通这个道理，看破生死之界，做到超然物外，但《死迷藏》里的老雷做不到，他是个神经敏感如琴弦的小人物，又从未有过事业与成功来转移其意志，他所有的只是他三口之家的日常与性命，在安全感被重重包围、严重威胁的每一个日夜里，闹剧与悲剧发生了，死亡这件事，在今天，在流淌着污水的热闹里，在喧嚣的孤独与此起彼伏的绝望中，它以一杯偶然性的橙汁为内容，表达一劳永逸的抗议与防卫。

然而困惑并未就此解决，甚至变得更为扑朔迷离，在我写这个小说，包括写完小说之后，“死亡之轻”，它仍然是一个努力中想要无限接近的命题，像是一个根本没有凶手且动机不明的凶杀案，没有人能够知道死亡的风从哪儿吹来，又往哪儿吹去……好在，小说家不是警察或法官，我的任务不是定罪与写判决书，而是发现并指出现场，并尽一切的可能来张扬这个千疮百孔、令人悲伤的现场。

（2011 年）

我们放了生活的鸽子

——关于《铁血信鸽》

2010年算是个小年，短篇只发了一个《铁血信鸽》。这篇小说，也不知道最初起意于何处，反正就是胸中有一股绝望而挣扎的浊气，感到我自己，以及我所认识的大多数人，或者说我们这个世界的大多数人，都被各种各样的“物化的生活方式”所淹没或勒索，对于精神的核心，我们简慢，毫无诚意，这么轻易地就撒手听凭思想昏迷不醒、顺流而下……老天爷啊，这绝不是真正的、好的生活！

多年前，做行业报记者时，我采访过一个养鸽子的投递员（后来，他的弟弟成了我的丈夫，而这两者之间并无因果关系！这是题外话，不讲），有机会看到许多鸽子的眼睛，那被放大的瞳孔，很像我写这篇小说时最初的心境：灵活、黑暗，分布着华丽的血丝。

……但是，用小说来做抽象思考往往是危险的、吃力不讨好的，我属牛，脾气也属牛，冒着失败的风险，我决意还是往下写。

怕什么呢，我不怕失去，小说之路上，我本就一无所有。

有时候，感到小说家的生活，本身就是在放生活的鸽子，我们不是在过生活，而是以阅读或虚构的名义在窥视生活、意淫生活。从这个局面看，作家的生活甚至可以说是不健全的，我们都是在身残志坚的信念下，想当然地、自我鼓励地“创作”。想想真是有些可怕。

所以有时也会顿起邪念：如果可能，说不定会换一条路走走，一条与写作背道而驰的路，就像很多腻味了某个行业的人一样，总闹着要换工作、要跳槽……真不知道，可能也是说说的吧，是以一种无能的示弱方式来表达对本行业的忠诚，虽然这忠诚可能并无价值。要知道，文学总是最多情同时也是傲慢的情人，我们终身的命运，便是有限的几次一亲芳泽，然后剩下的所有时间都身陷漫长无望的单相思。

还是说这篇小说。小说在一月份的《人民文学》发表，这一年的9月，在一个会议上，我碰到山西省做当代评论的王春林教授，寒暄中得知，素不相识，也从未有过联系的他为我这篇小说写下了几乎跟小说差不多长但并没有发表的评论——我平静地对他道谢，但内心的我在尽情哭泣：我突然感到，生活、鸽子与小说，一样都没有放掉。

（2011年）

与《六人晚餐》有关的几件事

一、《吃土豆的人》

这是梵高的一幅画作。我在最容易受到影响的年少时看的《梵高传》，北京出版社第九次印刷，印数已达七万两千册，当时那是很流行的传记，跟现在的《乔布斯传》差不多的流行度。从艺术家传记到CEO传记，有趣的变化。

书的前面几页是梵高的一些代表作，除了《向日葵》，其他每一幅我都喜爱极了，光是为了那些画，我简直就按捺不住地要写小说了。比如《邮递员罗林》，2007年我有一个短篇《致邮差的情书》，也许没有人信，就是为了这幅画写的，连小说的主人公都叫作罗林，他与画中人一样，有着饱经风雨的粗大关节。

终于轮到《吃土豆的人》了，多年来，我一直默默地惦记着这幅画。每次走进画里面，就好像到一个不太熟的远房表亲家做客，乏善可陈的房间，有点冷的灯光，土豆冒出来的热气，互相探询着的那些变形的脸。我从第一眼就喜欢这画，它像是多年来我一直在竭力寻找的、值得信赖的调子。我总不安地想着，应当为它写个小说。

与此有类似触动感的还有安迪·沃霍尔的某个丝网印刷作品：站在码头上的一家人，倚着栏杆在风中的一张合影，风吹得他们头发乱七八糟。安迪·沃霍尔对这张平淡无奇、套印不准的褐色粗糙小照进行了毫无技术性的复制，直至它们戏谑化地、横平竖直地排满整个画面，形成一种特有的呆板却又时光飞逝般的效果，像我们所有人的生活，被疏离被复制，野草般枯荣。

二、机场书店

不想掩饰我对机场书店的厌憎。

不久前看新一届奥斯卡奖动画短片《神奇飞书》，里面所表现的人类与书的关系，令人感怀近乎落泪。书店，本该是多么美好、宜居、绿岛一般的场所。但国内的机场书店永远会是例外，它的结构与气氛是那么典型的势利，那么识时务——触目所见，那些又大又华丽的成功学书籍、教学视频、首富传记、职场真金，扉页上晃动着“我知道我是谁，世界没有我就完蛋”或者“我要奋斗，我要第一万次起跳”的面孔，那些书，用一种精明的、必然的语气，以强盗般的推理教诲着所有的人，像把强硬的刀，对奔流着拥挤着的人群加以果断的分割，并像冷冻食品那样被放在不同的位置，高级的、中等的、低下的……社会阶层的残酷分化像火焰与海水那样，使得我的身子半边滚烫半边腐蚀。

每次在飞机升空后，悬坐在白色花朵般的天空，伴随着心脏的轻微不适，我都会带着一种感慨万千的苦恼，思念着大地上的你、我和他们：被邪恶“成功学”所勒索所奴役而昏迷着的人们，不得不出卖一切本不该出卖的一无所有者，被掩埋着的、处境粗鄙的、沉默的大多数。

三、2010年7月28日

那几天，我带着放暑假的女儿去爬黄山，当天下午正在返程的巴士上，手机突然接到若干短信，问：你怎么样？安全吧？家里人都还好？我莫名惊讶。打了几个电话——我家所在的迈皋桥附近有家塑料厂在拆迁中发生了管道大爆炸。回到家打开门：阳台的整幅落地窗完全震飞，厨房的移门隔断变形倒地，一张圆木板凳飞到冰箱上，它的一只腿飞到橱柜上，又落到地面上，处处留下暴力痕迹——如果当天下午我在家，在厨房或阳台，这些暗器无疑会跟我发生一点儿亲密的瓜葛。

我怀着奇怪的心绪打扫起了满地的玻璃屑。

……我的《六人晚餐》从2009年4月动笔，由于各种原因，在2010年完全中断了，当我面对一地玻璃碴子，突然想起那篇被搁置太久的小说，想起了小说里的六个亲人，不知为何，我浑身猛地一凉，提前感知到一股难抑的哀伤，我非常确切地知道，我的男主人公，就在这天下午，他和他的玻璃屋，永远地沉睡在了这场大爆炸里。

当天晚上，我到迈皋桥广场散步，名声颇恶的露天卡拉OK如同前面的任何一天一样扎堆开张，带着城郊接合部特有的纵情，夜色中，那些面孔模糊的人们穿着看不出颜色的衣服，在快活地唱歌，《爱拼才会赢》《真心英雄》什么的。就在两公里之外，大爆炸后的废墟余温尚在。

此后，我不停地听到各种大爆炸的巨大声响（最近的是2012年2月28日石家庄市赵县克尔化工厂大爆炸，官方消息十三死四十三伤），它们从中国大地各个城市的拆迁工地轰然响起，从被遗弃的化工区响起，从迷宫般弯曲的管道深处响起，伴随着黑红色的瑰丽云烟，许多人在那些瞬间永远失去了他们的晚餐。

四、美剧与职工电影院

2011年夏初，我决定推翻已经写完了的十三万字，把叙事时间全都打乱了重新弄。随后的夏天很热很长，为了增加点世俗趣味，每天写完当天的计划，哪怕已是凌晨，我都会奖励自己看一集美剧，居然生生地把四个季八十七集、每集四十五分钟的《绯闻女孩》都看完了。这部剧亮闪闪的，绝对曼哈顿式的物质主义，从头到尾都是美人儿们与奢侈品，其跟我的书中所写，真完全是两个面目的天地，这样的落差具有惊心动魄的美感和娱乐性；而最有趣的部分是，不论是曼哈顿还是迈皋桥，关于出生、阶层，徒劳地试图改善命运，似乎总有重叠与相互印证之处……2011年的夏天过去了，又一个夏天又快要来了，直到现在，我依然对那部极度糜烂、信口雌黄的美剧保持着特殊的依恋之情。

顺便回忆一下，在上世纪八十年代，作为一个标准的乡下孩子（只看过露天电影），我有好几个夏天都到爸爸所在的南京去玩，去“见见世面”，爸爸在一个大型军工厂工作，大厂就有大厂的范儿，有自己的电影院，可是他愣是粗心地从没有带我进去看过电影。许多个闷热的午后，厂区疲惫的人们在午休中鼾睡，我总是会溜到外面，买上一支冰棍，站在电影院对面的树荫下慢慢地舔着，一边眼馋地看那些电影海报，想象那背后可能或不可能的故事。几幅海报简陋而难看。

……那个电影院，以及周边的职工浴室、食堂、小卖部，以及我妈妈工作过、我妹妹就读过的厂子弟小学，如你所料，皆已从这个星球消失，成为再也看不见的往事——不必滥情地感叹，这样残缺而憔悴着，同时也不断繁殖不断更新的生活，是真实和不容回避的。

（2012年）

留在故事里的人

——关于《零房租》

我自知，《零房租》并非是一个复杂的出色的故事，手法上也没什么技巧，更无高级的思考或审美——

一位是失独老人。所谓“失独”，指独生子女意外夭亡，其父母不再生育和收养子女的家庭。据一份去年的资料，自八十年代中国开始“只生一个好”起，中国失独家庭累计已达到一千万。

一位是失恋兼失业的少女，只身异地，前途渺茫，电话里对老家的父母强扮“顺利与成功”。处于这样绝境的年轻人，身边太多，媒体上也多，有的甚至为此走向死亡。

这样的两个人，本自各有不幸，却又再次不幸地进入了我的视野。我把他和她从人群中认领了来，冷酷地让他与她相互纠缠，我让他们在同一个屋檐下寻死觅活，准确地说，是试图寻死，同时又在寻觅活路。他们不管是活下去，或是当真死了，某个角度上，似乎并无巨大的分别——打开毒药包之后，我不负责地让这个简单的故事就此停下来，把他们留在故事里。我把他们丢在那里，关上电脑掉头就走了。不大高兴地走了好一会儿，我忽然明白到：这位苦念亡子的老人，以及那位深度厌世的少女，留在故事里，显然比走出来，要好一些。

这个故事，曾经是有一个“零房租”的新闻原型，当然那则新闻有个所谓的温馨结局：老人与少女，互相帮助，共享亲情。我完全不信那个。可能因为我较悲观而狭隘。再说我想写的不是故事，而是人间的关系，人际的隔阂与无力。这种人际，包括陌路人的，更特指亲人之间的：母与女、父与子、夫与妻；活人与死者，得意者与不幸者。在本质上，这些关系都是差不多的——彼此间，做不到真正的融洽与亲切。但这样一种无计可施、令人感伤的局面，其根源恰恰是由于“爱”，一种混沌而深沉的、带着催眠般惰性的“亲人之爱”。命悬一线之时，这可怜巴巴的“爱”，又足够维系。

就是这样的，人们与爱的关系就是这样的。

（2013年）

小城之冬

——关于《隐居图》

生活之虚妄，是铁一般的事实。众生来于尘、归于土，故而人们去画画搞艺术，去钓鱼去发呆，去赚钱去花钱，去找女人找男人。我的寄托则只有一个：对“人”好奇与贪婪，就跟纳博科夫酷爱收藏蝴蝶一样。我有个不太敢张扬的野心：我想收藏“人”，人的伤疤，人的灵魂，人的失足，人的攀升。人性之种种，迷人而触目惊心。写作就是对人性的探测与抚摸。

有一年冬天，到一个偏远但还算发达的县城去，所谓调研之类。活动中为我们服务、讲解、朗诵的，是一位省城的前话剧演员，他身形修长、风度不凡，哪怕就是“要再添点茶吗？”也说得字正腔圆、音质浑厚，令人深感奢侈与绝望。我没有跟他有过半句交谈，我甚至不大愿意直视他。我意识到我将利用这个陌生的无辜者。用小说家的心态去揣度和豢养他人的命运，是非常之狭隘甚至是邪恶的。但我这样做了，像以往一样，今后可能也一样。

关于做人、人生，我们总是明白太多的道理与境界。淡泊名利，心远地偏，大隐隐于市，忠贞不贰，自由与正确，等等，但事到临头，我们常常没了原则与坚守，总是毫无内疚之心地、光滑地背叛这些道理，并且还能找到同样对应的另一些道理与境界加以支撑和解构。我们的哲学就是善变。第一秒内立志，下一秒钟走向其反面。有时，这是外界、环境、世风所致，大部分时候，无可推卸，这就是我们的本质。《隐居图》里的这对恋人，即是一个小小的例证。

这篇小说本来叫作《小城之冬》。我喜欢一部旧电影《小城之春》，费穆导演的，讲的是外面的闯入者与小县城的封闭者，春天的躁动与人性的压抑，难以改变的人物关系与人物状况。时过境迁，而今的小城根本不小，亦不闭塞，同样也是名利耸动的凡俗之境，普天之下，哪里还有真正“封闭、静止”的区域？所谓的隐居者更是伪隐居、被隐居。包括人们对于情感的处理，对于离合的认识，相互的体恤与隔阂，皆是相当的“现代化”了。顾及此，我改掉了名字。我们，既无“小城之春”，亦无“小城之冬”了。

（2013年）

我选择了黑色

——《三人二足》创作谈

《三人二足》发表后，收获到一些声音，有的认为“恶心”，格调可疑。有人认为行文大胆，不顾禁忌。微博上有人私信与我探讨“恋足癖”的新潮花样……这些也都是应有之义吧。的确，《三人二足》是一朵俗丽又有些怵目的花，具备一眼可以望得到的颤动着的肤浅因子：性、畸态、毒品、美人、谋杀、三角恋爱等等。从阅读经验和写作旨趣上来看，写这样一个东西，似乎没什么追求，无非是黑色犯罪小说的那种路子，詹姆斯·凯恩已经玩得太好了不是吗？他的《邮差总按两次铃》《双重赔偿》……

话说回来，对小说写作来说，追求，恐怕总是一个可疑而尴尬的动机，在追求的压迫下，小说就成了一条用以攀升的巨大绳索，我们孜孜以求的常常就是这根绳索，以及绳索那头的、用以拖到台面上的东西，比如，真善美、光泽但艰难的公共情操、对肮脏事物的正义性审判，等等。有时候，这种追求的愿望太过迫切，以至于常常忘了绳索这头的小说本身，我们被画外音、言外之意、母题呈现、人性解剖这些高级东西给绑架了，给戴上高帽子了。一层又一层的高帽子被好心好意地安在小说的头上，并纷纷指认着：看，多么锋利的手术刀，多么沉痛的揭示与反省……

从这个角度看，《三人二足》恐怕是戴不上什么高帽子的，连矮帽子也没有，它就是光秃秃的一个黑色世情故事，但我同样也有一点“追求”的妄念：这妄念之求就是绳子这头的小说本身，我希望它是一个发育良好、体形健全的小说，什么附加值也不需要，它具有起承转合的爱恨，有误会与遮蔽，有怜悯与凶狠，它自给自足地站在小说之林。当然了，它稍稍着笔于“恋足”之好——我想写这一类的孤冷癖由来久矣：这种彻底个性化的肉体本能，以及由此带来的秘密通道，至乐或灾难，迷雾中的混沌与深邃，真是太“小说”了，不也正是人类伦理文明的核心触点吗？有一点，老掉牙的常识了，还是需要再次伸张：小说家不是道德家，小说的道德就是远离大道。在明媚的五颜六色中，我选择了黑色，我放大了黑色，我为黑色树碑写传。

另：还有一句自我辩护，关于贩毒这个元素的处理。目前听到的意见都认为这样写“可惜”了。这是端庄的偏见，当然也是我欣赏的一种优质的偏见：某些细节，对文学而言，就是流俗和等而下之的。我们太小心于文学性了，以至于容不得她沾染任何可疑的灰尘。但是，在这篇小说里，贩毒一事，已经具有了体面、事业乃至成就感的意义，作为男子，他宁可死于这份孤独的坦荡的事业，也不愿死于异色之癖；女子则相反，漫长的身体通道之后，她的头等大事即是足之性爱，贩毒那才是见不得人的大罪过呢。其实，毒品与性爱本不就是极乐而相通的吗？可对他们而言，同样是死，死于何因，云泥之别。正是出于此，我才明知不可为而为，在性爱与身体之外，为他们增添了可哀的社会属性与价值取向——多么灵敏、美好、无限可能的身体啊，偏偏受制于这些世故的胆怯的脑袋。

（2015年）

为荷尔蒙背书

——《坠落美学》创作谈

在这里讲荷尔蒙，或力比多，或肾上腺素，是为了追求某种貌似科学又带点耸动的效果，其实我所要说的，即是肉体本能。我接连抵押上了好几篇小说，不排除还会继续，以成为其无条件的背书者。所以这里，谈的不仅仅是《坠落美学》。

先听我讲几句乏味的来路。在自以为懂得思考的年纪，对构成一个人的几个方面，我曾有个一本正经的排序，降序：

精神。约莫指灵魂，也延及理想、信仰等缥缈之物。/智性。智慧、见识、理智，反正是很有力量的“硬通货”吧。/天赋。才华、异禀、嗜癖等不可追求也无从躲避的东西。/情感。大到有立场的家国爱憎，小到花叶飘零的悲欢离散。/肉体。既指容貌发肤等可见部分，亦指色声味触等可感之欲。

看看，肉体是垫底的。倒也不是多么地轻看它，是打小就这么顽固地认为：肉体是可以受苦的、可控制和可践踏的，随便怎样都可以。排在前面的那几样东西，则都是要好好追求、保护和声张的，因为正是它们，在改变、推动并决定着个体命运……那时二十岁左右，脑子不够用，肉体太刚健，越缺越求，越有的越蔑视。

一年年地过着，在人世中经历，上述这一方阵的排序不断发生着变化，像真是有所谓人生跑道那样一个东西似的。

理想主义的大长腿是率先短下去的，虽则心里总也丢落不下，但哪里经得住混浊现实这索命般的追迫？多情的年纪里，软绵绵的情怀与烈焰燃炽的理性之光常有局部博弈，要么心中一动要么心中一硬。有一个阶段，则跟在众人后头一个劲儿地嚷，信仰啊信仰，一切问题都出在信仰上！或又有那么几年，沉浸在世俗生活中，乃至产生一种崇拜的、五体投地般的虚心，认定这生活本身便有着至高无上的教义……反正是城头变幻大王旗，不同阶段之中，一会儿来这出，一会儿是那出，诸种要素轮流坐庄，但再怎么变幻，肉体是从来没有跑到最前面去领头的，因为总觉得道理上讲不通。

讲不通大概也就对了。因肉体与它的几位“跑友”不同，它一直是不讲道理的。

人丛中一瞥的心脏骤停，皮肤摩擦时的视线涣散，梦境的投射，胃的痉挛，细胞们的脱落，各种边缘性非理性的衍生物最终构成了我们的身体，这个复杂、可笑又亲切的东西，与人生的一切大道理进行着旷日持久的对峙。这悲壮又偶杂喜剧性的过程中，我总会眼睁睁地看到，学问啦情谊啦天赋啦，常会在具体的情境中遭遇困难，气喘吁吁地相互妨碍、纷自沦落，最终恰恰倒是它，肉体（或曰荷尔蒙、力比多，如前所说），以一种野蛮到近乎天真的姿态，笔直地撞向红线，拿下最终的赛局——

浊世中一幕又一幕悲喜，云图中一场又一场胜败，如果放大滚滚长河中的那些慢动作，分解、切割开来看，总会发现肌肉、骨骼、血液与器官的强大意志、独立意志。饥饿与刺冷，会跟歇斯底里的情欲一样，具有黑沉沉的杀伤力。一声轻佻的耳语，半头疲惫的白发，会使一个人出门向左，而非向右，并微妙影响到他所在的局部世界，其起伏、明暗、质量和关键性走向……看看吧，这漫长的跑道上，肉皮囊虽不是最高级，但绝对小看不得，甚或可以高看。所有那些大人物、小人物，男人物、女人物，实质都是以肉身为介质，为渡桥，为隘口，从个体走向他人，从群族走向代际，最终构成了世相与历史……

以上交代的仅是个人想法。而这些缺乏条理的想法，总会像摇荡着的风景一样，映射到小说这片小水塘里去。我以前写《铁血信鸽》《谢伯茂之死》，是对智性特别着迷的阶段。写《取景器》《墙上的父亲》，无疑，情感上的投射是强烈的。而最近写的这些小东西，则对肉体本能的暴动有种特别热衷的欢呼。《三人二足》《坠落美学》《万有引力》《徐记鸭往事》都是这样的，"荷尔蒙"它遥遥领先，随后，故事、人物、气氛、见识等，都势利地臣服于这位胜利者，就连所谓批判性逻辑、社会时代因素什么的，也被有意抑制、删减与忽略了。我很想以这样的方式，对身体的六十万亿细胞表达迟到的尊重与重视。

这些，不见得正确，更谈不上深刻，说局限或也差不离。这只是事实，我最近真的就是这么理解和看待世间的。

（2015年）

拥抱，使冷更冷

——《拥抱》创作谈

这几天在看匈牙利作家马洛伊·山多尔。书挺厚，一本需要看很久，看的过程中不断地手脚冰凉，心脏好像要停顿，有时甚至需要放下书，原地走上几圈，以离它稍远一点儿。他是老派而保守的好，准确到几乎过分细微的那种好。我很喜欢，好货色所带来的羞愧兜头而来，再次确认到自己写得有多差，学徒般永无出头之日，可同时又带点沾沾自喜，像是有所领悟，多少带有方向感……

这个情况下，要写什么创作谈，对自己的习作夸夸其谈，真是太可怕了。更何况，由来已久的，我对创作谈这一文体早就感到不适，心有抗拒。谁发明了这个到处露脸的轻浮文体啊。这些年，似乎总在写创作谈，这皱巴巴的冗余的说明书，就像用来指导一样设计得不够精良又故弄玄虚的产品。一次次的，我带着自卑，兼有虚荣，掏心掏肺，同时怀有更大剂量的嘲弄与反讽，像调和迷药。开始了，我焦躁地想着，又开始替自己的小说添加笨拙的注释了，像要打扮以便叫卖一个丑孩子，盘弄他身上并不存在的装饰物——那些关于灵感或立意的招供很不自然，有时故作幽默，有时捏着嗓子讲些玄虚。我常常怀疑我在创作谈里自我催眠，甚至撒谎。而小说本身已是一种骗局了。

所以这次我写的，不能算是创作谈。我只是想说说拥抱本身。《拥抱》（发表于《收获》2016年第1期）里所有的拥抱实际上都是未遂的。男人、女人、少年，他们刻意安排或被安排，努力勾连与被勾连，却依然足无寸土，焦渴破败。拥抱一事，大约本来就是不成立的，虽然这是一个在人间频频发生的热闹动作。

我且问你，你也要讲老实话，咱们共同来追索或分解一下。当你，拥抱某人，社交性的也好，有情义也好，肉欲前奏也好，永别之礼也好，那倏忽而过的三十秒，你到底感受到什么？那衣衫的摩挲，肌体的紧绷或放松，果真是亲切、亲密、性感或伤感的吗？空气从你和他（她）中间穿行而过，视线空无一物，语言像受惊的鸟儿，扑棱着飞离这光秃秃的瞬间。你们贫穷得只剩下拥抱本身。那极度单调的动作，隆重得有点儿超载，显现出荒谬的仪式感。肃默中，你交出了你的怀抱，同时也占有了对方的，你们好像共同攀登至某个了不起的顶峰，然后，你究竟看到了什么？荒凉无物，野莽昏迷，孤独，这不可更改、不可摆脱之物，好像分外庞然了。你不得不闭上双眼，以免表情游离，或倍生无聊——此刻，对方看不到你，你们双方都看不到，彼此同时消失了：这正是拥抱的乖张与尴尬。

周围仍是一动不动的日常景象，桌上茶杯在冒着热气，墙壁上有扇窗户，窗户外有树枝与云朵。这一切，皆寓意万千地指出拥抱这一行为的南辕北辙。事实上，拥抱不是动词或名词，它只是一个幻想性的、心因性的形容与比拟，生活中是不存在的，是达不到的，这只是人们企图接近的一种理想。类似的妄想还有，年轻、死亡、遗忘、英雄、幸福、时间、了断，等等，多少准确但糊弄人的词语啊，我们熟练地借用这些词语来应付各种应付不了的可怜局面。

……回到拥抱，回到稍前的问题，你可以答复了吗：拥抱时你在想些什么？不过算了，别给我答案，这不重要。我没那么好奇，并且心里早有顽固的成见，如同手提一桶灰色的不讨人喜欢的颜料，我要把它轻轻涂抹在世间所有相拥者的额头上，标注出此时此刻的麻木与蒙蔽。拥抱从来不是一件可以御寒的外套，反之，它使我们的孤独彻底裸露，使冷更冷。

（2016年）

吃晚餐的人们

——电影《六人晚餐》观后

看自己小说里的人物，有了血肉身形，开口对话，走跑跳跃，相遇或离弃。这是有点儿古怪的感受，起码不是享受，更非甜美欣慰。我手心里捏着一团纸，不自然地看着电影《六人晚餐》，一会儿觉得这是我的嫡亲骨肉，一会儿觉得，哪里啊，这远房远亲拐了多少道，几无血缘关联吧。我问路内，此君“被改”经验丰富，他果然大笑两声：作家看自己东西改编的电影，都是神经高度敏感挑剔的。

其实也是想到了八年前。《六人晚餐》是2009年4月动笔的，对个人生活而言，那是一个有点儿动荡的阶段，女儿正好小升初，由于贪痴于择校之念，乏力地扎挣于诸种社会关系博弈，很沮丧，很生自己的气。不久又碰到家里妹妹突患凶症，记得刚拿到诊断报告，走出医院去赶地铁，地下通道里有一长溜摆摊卖廉价货的，堵得不好走路。我打通一个电话，手里无意识地抓着一只挺难看的塑料挂件，声调走音，强摁下喉里的哭泣。我的亲妹妹，为了省钱她总会买这些地摊货，我在心里发誓，若能痊愈，一定要让她用上些好东西，过点像样的日子。小说在断断续续写，假装风平浪静。随后是一些听上去不错的事情：到哥廷根大学驻校，到伯尔尼书展，一段时间的境外培训，是啊，声色丰富，我也几乎总是面带愉悦，可内心某处却愈加逼仄，满是苦汁般的灼痛感。越是华丽的场所，我内心的疼痛越是强烈。飞机升空，悬坐在洁白的大云朵里，我思念大地上的那个我，思念那些被“美好生活”所绑架所奴役而昏迷着的人们。

我走到哪里都带着电脑，像处于备战状态，对照着眼前的每一帧不协调的景象，反复修正着我那个未完成小说的主题，不仅仅是两个残缺家庭六个伤心人的故事了，我还有更复杂的寄托。但一直写得结结巴巴，偶尔高昂大半消沉，终于，在十四万字处卡壳，僵死。我感到这篇小说要完蛋了，要成废纸一堆了。

2010年7月28日的一个大爆炸拯救了这堆废纸，这个“从爆炸声中诞生出死亡灵感”的过程在前面的创作谈里有过描述，此处略过，我怀着矛盾的心情一直铭记着这场早就消失在时间长河里的爆炸，悼念着那些失去了生命的人们，包括我亲爱的主人公：丁成功。但电影《六人晚餐》没有发生爆炸，屏幕上的丁成功还毫发无损地活着，并且还实现了他与晓蓝的爱情，他们如踏云雾般地跃入了“美好生活”。也许观众需要睡前故事？需要带着甜味剂进入梦境？

我与制片人在电影成片后有过沟通交流。显然，一切的艺术形式都是戴镣之舞。有棉花镣铐、青铜镣铐，有纸镣铐、空气镣铐。我们要学习在窄门里做出有重量和有拉伸的动作，这需要不间断和持久的练习，以准备未来的更长远的创作。

我仍住在迈皋桥一带，从地产商角度来看，一个很不漂亮的区位。在此之前，我跟随父母在厂区一带居住，对大厂宿舍区的那种苦中作乐、所求不多、得到便好的气氛，有种乡愁般的感情。我记得那些燠热的夏季黄昏，人们往地面上泼水，常常是污水，但那样最起码可以降温。疲惫了一整天的人们在街面上支起不大平整的桌子，开始他们一日之尽的晚餐，器具不美，菜粗量大，少不了会有几杯辣嘴的烈酒——迈皋桥周边，至今也有着这样一种因陋就简的气息。我喜欢看到这随意到仿佛毫不重视的晚餐。这样的晚餐是歇息和适意的，在心理上有着对彼此的依偎与投奔，密布着食物之外的各种味道，可堪默然咀嚼，可堪吞咽饱腹，就像梵高的《吃土豆的人》——乏善可陈的房间，清冷不明的灯光，土豆冒出来的团团热气中，互相探询着的那些变形的脸。我从第一眼就喜欢这画，它像是多年来我一直在竭力寻找的陌生人。既然不能坐到这幅画里，跟他们一起以手取食那些热乎乎的土豆，那起码应当为它写篇小说吧。多年过去了，我想这本《六人晚餐》可以算数。

我说服自己接受电影的别样处理——影片的明媚结局与小说的黯然残缺，正是不同角度的折射与假设吧。我们看得到野草的秋萎冬枯，也要看到它的春来摇曳。

（2017年）

出格记

——写在小说集《荷尔蒙夜谈》出版后

新近出了一本薄书，常会引来挤着眼睛的善意调笑。呦，什么？荷尔蒙？还夜谈！是的，这是个短篇集子，收有近几年的十篇习作。我曾写过一则所谓的创作谈《为荷尔蒙背书》，在那里面，我照自己的理解，对于何为荷尔蒙，荷尔蒙在人生中何为，我又为何要专写荷尔蒙，都老老实实作了兜底但可能也比较偏颇的交代，故临了我特地补了这么一句："这些，不见得正确，更谈不上深刻，说局限或也差不离。这只是事实，我最近真的就是这么理解和看待世间的。"图书编辑曾建议我把创作谈放在书末，也排版了。我想想还是拿掉了。我想让读者只看到纯粹的小说，不必受到我的任何暗示或干扰。这些写作者的"内部心理活动"，相当于后场吧，还是放在帘子后面比较好。

此篇，也属于后场的一部分，多少也是结合了一些出版后的反馈，补充几句。

其实书里十篇小说并不都是与荷尔蒙直接相关的。毕竟，写小说不是制订车间生产计划，不大好预先在哪里插上一排标识，然后处心积虑地奔逐而去。这三两年，写过各种样貌和主题的小说，结集出版时，有选有弃，最终定名为《荷尔蒙夜谈》，这是类似于一个最大公约数或合并同类项的归纳梳理，有趣的是，这么一顺，发现似也恰有其实，成其为一个主题了。但不排除这里面有一两个篇目，并不那么荷尔蒙，或者说，各篇目与荷尔蒙的相关程度，是各有弹性的，有的是直通通的指示牌，有的隔一层薄纱，有的曲折九道弯，简直要翻过几重山。但我觉得这是对的，是文学意味的，是指东击西、欲哭反笑的。但对望题生义，抱定要来看欲望小说或器官动作的读者而言，也可能会在阅读途中生气地拍着桌子站起来：骗人，这一篇，哪里写到了那个啥啥啥。

但大部分篇目，确实是写了一些那个啥啥啥的内容。十月文艺出版社在宣传《荷尔蒙夜谈》时采用了略显耸动的标题：鲁敏“出格”之作，向衣冠楚楚的世界扮个冒犯的鬼脸。虽则这是为了宣传之效，但我挺中意这个意思。四时衣裳遮体，社交先要寒暄，文章著于天下，作家要有担当……这种种，确乎代表种种文明与理性的“格”，这个意义上讲，我这本书是有点儿出“格”的，非雅正之道，非端庄之体。倒不是说荷尔蒙不登大雅之堂，只是我这里的荷尔蒙，无一例是万物生长、春风蓬勃的正向荷尔蒙。我是有点儿反的。这是潮水疲惫的中年沙滩，是烟熏火燎的汁味收干，是工具化、病态化之后的残酷与暗黑，乃至失德与失常，他们自欺、欺人，他们自取坠亡，他们割人脖子，他们像跑接力棒似的传递这滚烫烙铁般的俗欲……

这样的故事读起来会有点儿离奇或传奇。有读者留言：咦，不会吧，干吗要这样哪，不符合逻辑！我则像持有在场证明的目击者一样，想要辩护但同时带点惭愧地想到：我写小说，一向是以高纯度虚构为荣的。这一次倒偏偏没有。《三人二足》《坠落美学》《拥抱》《荷尔蒙夜谈》《徐记鸭往事》《枕边辞》，一下数出六篇，都有点儿影影绰绰的来源。这当然是比较原始的、并不值得夸耀的取材之法。我这么保守、谨慎，也可理解为是出于对荷尔蒙的尊敬，这些从风中所传来的人物与他们的人生截面、那些闪烁的言语，总是令我激动而感触，难以置信中，不愿意再做过多的整饰或文饰。哪里来的这么锐利的力量啊！他们冲破如此多的教养与规矩，抛却多少年的忍耐修为，一反深明大义或精明势利，冷然地出格了，剥除自己，还原自己，伸张自己，祭献自己。这实在太触动人了，使我按捺不住要写下这些个出格之举，并且决不给他们打圆场、顺逻辑、整衣冠，最好同样是以“出格”的方式来写。用一顶大帽子的话来说，这就是我作为写作者，对世相体察的一种义务，一种职业意义上的权力。

有趣的是，读者感到不可理喻的那部分，正是“在某人身上真实发生过的”，而我所无限虚构的，他们却读得点头称是、如临其境。生活中的真，与小说里面的真，显然是两个不同的维度，就像我们看真人与油画肖像，看隔壁邻居与电影里的邻居，对比例、色彩或戏剧化的期待，是殊为不同的。倚真摹像，反类假虎。凭空写鬼，观者悚动。这是古已有之的道理，自不新鲜。但这次的实践，还是非常切实地给了我不少体会，更令我产生一种农人般的期待，下一茬庄稼，我撒什么种子呢，原始的粮站种子，杂交的，转基因的，或着干脆是煮熟的压根不指着它发芽的？

扯远了。还是说回本书，所谓写“出格”或“出格”写，都还算好，更有点儿“出格”的是，我并非持有批判、棒喝的态度，反之，我好像是有点儿轻浮地，把他们都搀着给送上了荷尔蒙的引渡桥，似乎所有这些赘肉垂挂中的一念之变都是为着解放与解脱，为了欢愉的痛楚，为了黑暗中的笑声。是啊是啊，确实是这样的。我一点儿不打算批判，如果不是说成鼓励的话。我一直觉得，荷尔蒙，不仅是指色、性、欲，它是一个很直接也很宽厚的概念，对具体个体的困境有着无限的垂怜之意，像子宫、异乡或大河，像带点怂恿意味的法务条文，全力支持和牵动着你，在艰难时刻做出不负责任的、听命于直觉和此在的决定，让顺流而下成为动力，蝇营狗苟成为正义，凌空飞升成为超脱，男女大防成为一扯就断的细细红线。这多好啊。

但是，我又要转折了，我这里所感叹的“多好”，并不是感官意义上的好，充其量算是审美上的，更准确地说，是心理上的。譬如集子里的同名小说《荷尔蒙夜谈》，这篇写得最早也有点儿啰唆，譬如写得较迟的《拥抱》。两篇碰巧都是发在《收获》上。前者好像在讲黄色笑话，但明显是心理动因才导致越洋飞机上的那个怪诞之举。后者虽然同样也是棉絮似的，一层一层地心理铺垫，但到最后的致命动作，却完全来自孤独症少年的生理反射。我并不十分在乎人们从这两篇小说里所读到的，到底是肉欲还是心病，是妥帖还是夸张，是出格还是本分。我就是想讲这两个小故事，没有中心思想或微言大义的企图，只是单纯地想听听肉身暗处弦拨魂动的回响——确乎只是回响，笔下这些人物，在小说里的情欲，并没有几个得到顺应的健康释放，大部分被我以冷却、停滞、走形的手法处理掉了，并非有意拗着如此，是彼情彼境不得不如此，是那些小说人物对自己的一种认识与处理，是他们渡涉人生深水区的一种方法论，是卓越的挣扎或奋斗。

因此，我几乎要红口白牙地否认了，我写的不是荷尔蒙，不是色或欲，而是人在非典型环境中的归谬性推理，必然亦唯一的选择，钻牛角尖钻到尽头的光亮，是柳暗花明又一村，哪怕这村子里四顾无人，他仍然是个失德背道的孤家寡人。但此时的他，已然不同了，涉过欲望的黑色河流——他失败，但宛若新生，他丑陋，但重新咧嘴而笑，他作恶犯事，他消耗光了那莽动的荷尔蒙，他摆脱和冲破，由此出“色”并获得罕有的自由了。

……这个主题我还在写。二十年前，我没有过像样的青春期，到了现在这个本该紧皱眉头走向庄重与深刻的年纪，却在小说里长出这一批刺目的红肿痘痘，实在像是倒着走了。也挺好。

（2017年）

野马也，尘埃也

——关于《奔月》

2016年8月5日，《奔月》第六稿改完，我在微信里贴出了一个标签。心里知道，这一段奔月之旅，看到终点处的红线了。那细细红线，悬系于地球与月球之间，缥缈、洒脱，于银河的荧荧微光里温柔闪动，让我几有屏息之感。

记得快要动笔的那个夏天，当时我揣着两个长篇的想法，在小区里走来走去，机械散步，深一脚浅一脚，对路边的草木与灯光统统视而不见。我心里犹豫得不得了。另一个题材相对来说要容易一些，现实主义的，比较结实的那种。但我五脏六腑里，自《六人晚餐》之后，最热腾，最困苦，最迫切需要触及的，还是这一个。关于人对自我身份可能性的假设与追问。人间的我、你、我们，为什么是这样的，而不是那样的？倘在另一个空间，成其为另一个人，那才是被找到和揭露出的我吗？那原先的这个我，是不幸、不真诚或被遮蔽的吗？这猫追尾巴的苦恼，长期占据和压抑着我极为有限的智识。我太想写了，又担心着我这前邮局职员的原始脑瓜照料不好这主题里的冷硬与疑难。

但这样的犹豫比预想中的要短，很快我就确定下来。败也好残也好坠落也好，这确乎是多年块垒与执着所在，非写不可。再说，写作本非投机做买卖。冒险、越界与逆行，是应有之义，也是写作者的权力与福分所在。

这一选择，倘若侃侃而谈地往大里头说，是有着所谓时代、社会、城市、资讯、网络等外部因素的推动与刺激——确是有的，且强有力：每天每夜，都在看到、听到、想到那么多起伏着的面孔与命运啊，有凡俗细小，也有惊心动魄，我试着把其中很小的一部分，写到了《奔月》里，这里且略过——其实更要紧的，是外部世界与我内心想法的共振与勾连。

生活层面上看，前面这些年，我先后做过营业员、劳资员、团总支书记、秘书、记者、公务员，同时忙着结婚生子走亲戚做家务，该干吗干吗，有着高度的社会合作性，妥协温顺到几乎无色无味。但内心某处，我长满倒刺，在认真、耐心“过着小日子”的同时充满质疑、否定与嘲讽，这是源自写作者胆汁深处的一种极端逆反。

性别、姓名、地域、口音、职业、家庭、教育、口味好恶、日常习惯等编织构成了一个人，同时又禁锢了这个人，不是吗。我们要全盘奉行这些偶然的命定，顺流而下、苟且嬉笑，还是可以一跃而起，去打破，去勇莽泼洒另一张草图？

乖谬之处在于：一切仅止于想法。

我继续笃守着平静乃至平庸的生活。生活的线条越是单调，精神因子的活跃程度会越高。这两者是相辅相成的，并最终辅助我到了眼下这非写不可的地步，我得把内部的“逆反元素”给释放到《奔月》里去，我想在小说里创造这么一个“小六”，她真的得以摆脱世俗与道德的原罪重力，飘尘出世，实现对“本我”的一次逸奔。

《奔月》的写作并不顺利，从修改次数上可以看出。比如我最早的一个设计，小六消失后是去往了一个类似“失踪乌托邦”的所在，那里聚集着因各种原因投靠而来的失踪者，比如腐败官员、生小孩的明星、失败艺术家、假破产的商人、厌世的单相思者、过失杀人犯等等，我把他们聚拢在一个很偏远的气象观测站上，相互干扰同时也自给自足，为此我还专门借了四大卷的《中国三千年气象记录总集》（增订本）回来翻看……这一部分写起来带劲，也很戏剧化，都写到七万字了。但我总感到哪里不对，必须推倒。我得让小六逸奔在热乎乎的、同样平俗的生活里去啊，那可能更难，但才具有普遍意义，以及由之而来的某种现代性。

再比如，我写到有一大半，应该说还比较得意忘形的时候，突然王安忆老师的《匿名》出来了，从内容简介粗略地看，题材有点接近！当时有好几位师友担心我能不能照原计划写完。但我看到全文文本，反而高兴起来，这正证明了“逃离”“隐匿”“丢失与重建”这一母题对所有写作者的永恒魔力，并会因为创作者的不同而形成面貌和方向大不同的文本。王安忆老师非常了不起地拓宽了这个母题的边界，对人类学与人类文明史有着艰深的破立与反思。相对而言，我这算是比较世俗和反智的角度，甚至还套上了悬疑与戏谑化的面具，我的主人公是主动性的，亦不是遁往深山老林，而是挑战般地“自弃”在更加乏味绝望的另一种平行日常里——我用我的方式完成了我对这一主题的执念。

包括在初稿出来后，我曾找了不同年龄、城市、职业的朋友或陌生读者来试读，一共找了八位，然后记录他们的反馈，前后记了有十几张A4纸，然后我再对此进行判别过滤，生成新的想法，这又派生出三万多字的额外文档……当然，这些查数手茧式的回顾毫无意义，苦力不说明任何问题，最多只是各人的写作习惯，是否斤斤计较，是否很不自信，等等。

但有一些修改，值得记取。比如，我一直喜欢在行文中发论。《六人晚餐》就有这毛病，改过，没改好。这一次，又发作了，时不时就大讲话外音。因此有那么一遍修改，针对这些冗赘，我一直拿着砍刀在挥。这样的杀戮，从结果上看是无痕的。但对自我是有所教益的，我记得那些残词断句的落英纷披，它们没有白白写出，也没有白白死去。

还有两次修改，是专门针对读者与我之间的信任契约。尤其是小六所去往的“另一个世界”，其所遭遇到的一切，多少都包裹着我的某些企图与寓意，同时我又要协调到这些设置下的内部逻辑。这个比较难的，写到难处，我几乎也跟主人公小六一样，有着“不知道风往哪里吹”的根本性痛苦。这跟我以前那些胸有成竹的写作，是全然不同的，也有着异质的甘美。

可能正是因为这样，我其实是在跟小六一起探索着这个未知的出走。毕竟，打破固我的空想，或许是常见的，当真付诸行动，则属罕有，而罕有之后，更是无边无际的未知，正是这个未知，是我特别想触碰、想着力之处。在逃离之后，她所留下的那个世界，她去往的另一个世界，以及，后来的后来——会发生什么？她所无情抛弃、苦苦追寻，又寻而不得的，到底是什么？这当然不是女性觉醒的娜拉出走，也不是中产阶级式的兔子跑了，那么这是什么？此中当有含混但真切之意，却又难以一言蔽之，我能做的，只是跟小六一起走，即便走的是一条晦暗不明的小道——毕竟，可以时常抬头望月，有月亮照着，就不会有全然的黑，就不会慌与茫。

是啊，这就要说到月亮了。记得小时候每到中秋，家里老人就叫我们一群小孩抬头辨月，说那时可以清楚地看到嫦娥、吴刚、玉兔、桂花树，最起码可以看到其中一样。小孩子们容易上当也乐于上当，于是我们都举起脑袋来，用肥胖无知的手指点看着，并争相嚷嚷着，说看到了真看到了，那兔子还在动呢，那吴刚在砍树呢，那嫦娥在擦眼泪呢。

我在《奔月》里写过多次月亮，但已有克制，像偷偷写情书。我太爱月亮了，一年四季都爱它，各时有各时的好。这不是美学意义上的，也许纯属是生理与心理上的——对它的凝望，常会使我油然而生一种悲伤又澄明的感受，内心为之荡然远驰，如野马如尘埃。

写到这里，忍不住又要望月了。是阴天，并不能看见——看不见的月亮啊，你好。我写了一本小书，差不多算是冲着你写的呢。

（2017年）

我崇拜时间和偶然

——谈旧作《谢伯茂之死》与《未卜》

2011年，公务员做到了第五年，我被“有关部门”指派了一份挂职，在老城南改造指挥部待了一年多。我向来善于隐藏作为写作者的不羁，遂一本正经地去指挥部上班，于是有了很多机会在旧街巷里四处走。

南京，是一个老老的城了，两千五百多岁，十个朝代的都城，而老城南又是其中最为古老的部分，三步两步，就可以看到各样的旧痕与残印，像浑身长满斑点与青苔的一个人，有着千言万语，却又一言不发。走在那样的陈旧里，会明确感知到时势的消亡与生命的悲哀。心里的一股激流拍打，我几乎要走得不稳了。不久就动笔开始写《谢伯茂之死》。

再讲一个更早些的职业经历。我曾在邮政局工作过十五年，我记得有一个邮递员，他特别有名，经常上报纸上电视，因为他非常善于查找死信，也就是那些地址不详、收件人搬家或失踪的信件，他在这方面很有一手，我曾专门去采访过他。他一下子拿出十几个本子，里面密密麻麻记的全是各种电话、人名和地址，这是他这些年来，查找每一封信的轨迹和记录。使我印象深刻的不是这些写得非常详细的本子，而是他的那种时刻准备着向世人传播的职业性骄傲，他愿意用他整个生涯来替人们查找死信，解决那些寄不出去的死信。我一直想写这么个邮递员。后来，他成了这篇小说里的邮差李复。

在这个小说里，有一个设计，就是主人公在源源不断寄出信件，但先天的都是死信。一是收件人即是一个不存在的人物，连主人公自己都不知道是谁，他固然社交圈极其繁荣，但总是还差一个“真正的”知心朋友，他于是就“创造”了这么个收件人。第二，收件人的地址，虽是真实，但并非存在于此在，而是很久以前的古老地址，八百年前，或三百年前。太多的时间碾滚过去了，这些地址已消失在时间之中。然后，这些死信，最终都到了快要退休的李复手上……

这篇小说并不多么复杂或独特，但我一直喜欢。它被译成过西班牙文、阿拉伯文与英文。后来我把它收入自选的短篇集《九种忧伤》。最近，它还被改成了舞台剧。可能都是因为它所试图表现的是带有普遍性的东西：在时间中变异的空间、在繁华中孤冷的人、在寻找中祈求存在与成就感的人。

再说说《未卜》。这篇小说很早了，尊敬的何锐先生是责编。形容瘦削、酷好酒事的何锐先生约稿是一奇景。那一腔方言几乎听不懂，一通电话即讲文学，全无寒暄之辞，且语气十分断然，又因语言不通，似乎也无从婉辞，于是总在一片迷惑之中草草结束通话，定下稿约。我写得比较早，但至今也觉得大体说出心中文学观的《幸或不幸的根源》，也是在他这种含糊又武断的约稿中最终写成的。这是闲话了。

写《未卜》那一阶段的我，正处于对人们所共同又各自的命定之运的哀痛，以及由之而来的绝对臣服之中，这种服膺中也会泛起质疑的水花，比如偶然，偶然其实也是命运的一个变相，但看起来就顽皮和可爱许多。不管是怎么样阶段性的胡思乱想，我一般都会用小说来表达。《未卜》算是这个意图。

《未卜》里一起头的，是照相馆以及里面陈列的相片。我小时候到镇上、到县里去玩，最流连的地方就是照相馆，总爱扒着玻璃陈列框，定定地瞧，瞧那些"美丽的人像"——男是剑眉露白牙，女是小辫腮有红。他们那典型的好看里，有种时代的凝固感，似乎有铁锚把他们固定于时间之河似的，他们不会不幸或夭亡。但在《未卜》里，我反过来写了。我几乎一个个地把这一家的四个兄妹写入了不幸之中，但这不能怨我，是命定之运啊，是必须如此的，是无法摆脱的。我最大的努力，是把所有这些命运，都裹在了偶然的子弹里，我记得我当时是那样努力地在变换着花样地想为他们，但一定又不会让他们躲过飞驰而来的命运铁兽。他们就那样“碰巧”地一而再，再而三地先后抵达了不幸的核心。

小说家的无情在这种时候总是十分明显，这或者也是职业性的命定。

（2017 年）

记忆望着我，生活望着我

——《思无邪》《惹尘埃》总跋

做这个动作——整理旧作、遴选结集——总显得有点儿吃力，像是拖拽着来自旧年月与旧我的重量。是啊，自1998年写作至今，前后二十年了。

古书里会写，二十年后又是一条好汉，说明这足够孕育出新的生命，乃至产生出破坏与重构的力量。二十年之于我的写作，虽则没有那样无中生有的巨大对比，但确乎也是一个很大的时间单位，包含着若干的成长与变化。尤其在中短篇里，会很清楚地看到这些。

中短篇是灵活、令人自在的文体，可随时起亦随时止，有点儿像写作者的日常与基础训练，三五个月，手上就能盘弄出一两篇出来，然后发表，然后转载，偶尔获奖或入年选，在传播与阅读的过程中，散发出写作者的个性体味，它们非常富有即时性，极其忠实地反映出写作者其时其地的位置与状况：偏色与光芒，迷惑，武断的信仰。这很有意思。我重读旧作，常常哑然、脸红，也会惊怔、哀叹。我说不清楚，是文本本身让我触动，还是它们在流动和迁移中所留下来的，那弯弯曲曲、走走停停的轨迹，更为珍贵。当然，这是敝帚式的自珍。

我最终没有按时间顺序来整理合集，这固然是最便宜的法子，但也最为偷懒。我想做一点搬动、归纳的工作。比如，相对接近的风格或母题。不同路径上所尝试的探索。任何分类都是粗暴的，同时也是某种主张与态度的呈现。

这次选了两本，故我做了这样的分类：乡村叙事（《思无邪》）、都市叙事（《惹尘埃》）。这听起来不足为奇。但于我、于我们这一代的写作者而言，还是有着较现实的意义的。

七零前后的这一批写作者，有相当一部分与我经历类似：幼时有着结结实实泥土滚打的乡村经验，早期的阅读与审美也是全然东方的、古典式的；随后，一般在二十岁以前即完成了积极的自我刷新：从洗得太白的运动鞋开始，从学生腔的普通话开始，从对现代性审美的巨大胃口开始，从对所谓国际性视野的诉求开始，我们或多或少地城市化了。这似乎也都是顺理成章的，就像历史书上那句著名的说法：农村包围城市。哪怕我们骨子里还是个乡下半大孩子，只要一想起乡村就会莫名疼痛，哪怕私底下骂起人来还是用方言更带劲，发起烧来最想吃的还是几根乡下腌脆瓜，但无论如何，城市金属色的巨大身影已经开始投射到我们的小说中来了，形成颇为异质的面貌。

我的乡村叙事，以八十年代为背景，是乌托邦的，带有一点凄清的唯美色彩。东坝是我的老家，江苏东台的一个小说别称。这一批作品，我觉得很像是我少年经验的第一桶清冽之水，那与生俱来的胎记、童贞式的热切，在后来的写作中再没有过了。我很怀念那个阶段，像怀念部分死去的我。但这个怀念是平静的，并不伤感。当时其实还有不少与东坝有关的记忆，孰料惊如阵风，这个兴奋点一下子就退潮了。可能跟当时各种获奖也有一些关系，我有强迫式的逆反和自我批判，我怕我迷失于这稳妥便捷的审美。但无论如何，我肯定要写出东坝，然后才能走出东坝，这是一条必经之途，是对成长期的断乳与挖掘，更是对乡土经典叙事的一个本能致敬。

正面着手都市叙事，是2009年以后了。其时，我已经在南京生活了十多年，较为充分地领略了城市巨兽的强大意志。发达的商业逻辑，灿烂的金钱鬼魅，零温度的社交模式，对效率和技术主义的高度崇拜，实用性的道德修正体系，等等。城市是既压迫人性又锻淬人性的典型场域，散发出一种刺目之美，以及由此而来的对德行、对古典、对世故、对人伦的反叛和修正。我以乡下人的基因，糅杂着后天见识所生成的复杂视角，投向同样复杂的盛大城市——它，正在被豪华地堆砌，被过度追求同时被过度丑化，声名狼藉，被认为是一切罪恶的温床，可同时也是它，在以巨大的物质力拖曳着整个社会文明缓慢向前，当然也包括我总是难以忘怀的乡村大地。

……写作总是这样，背负着个体生命越拉越长的记忆，同时又深深跋涉于脚下的混浊河流。这两本集子，是记忆和生活的共同产物。

（2018年）

左右手对握取暖般的慰藉

——《有梦乃肥》创作谈

写《有梦乃肥》是在完成长篇之后，这个时候脑力和心力好像有点儿惯性，还保留着《奔月》里的某些荒诞余韵，因此这个中篇里也有着艺术逻辑大于生活逻辑的实验色彩。所谓的现代或实验主义，想个点子，不难做到，真正考验人的部分就是收束部分。如何以荒诞起而以真切止，从假到真，得一一做实。我这篇是写得不太顺，改了很多遍，贪吃蛇一样，几乎把自己也给首尾交缠地绕进去。

说来也不知读者诸君是否相信，这篇小说整个起笔的细节确乎是真实的，就发生在我本人身上。我曾经非常清晰地梦到过蚂蟥爬上小腿，是一个下雨天……然后就在次日的阅读中，真的就看到了基本类似的文字描述，同样的蚂蟥，同样的爬上小腿，同样的阴雨绵绵。记得当时有那么几秒钟，我还真是给蒙住了，有点儿汗毛起立。许多与此相关的想法，纷争着往我脑子里扑来。

打小，我所被灌输的教育，都是绝对唯物的，对任何主观的唯心想法，我会很严厉也很熟练地进行自我阉割。可能也是物极必反，或是年纪之故，原则与严厉开始后退，我对一些含混不清的模糊地带趣味盎然起来，比如梦的解析，幻觉对真实的投射，心理暗示的临床效果，孤独症患者与其特长，等等。当然我的侧重点，始于亦止于小说，我比较势利地汲取了其中带有心理层面与戏剧层面的部分，越是汲取，我就越有点儿入迷，有点儿弄假成真，或者说是渴望以假乱真，希望真的能有心理和意志，去干预到我们这乏味、平庸的日常……于是，就写起了《有梦乃肥》。

可能还有一个推动因素，是我对"盛世小民"这种生存心态的强烈的戚戚感，仿佛是左右手对握取暖般的怜爱与慰藉。社会与时代，如此华丽灿烂，而个体则在各自的角落默默自持，我对这样的一个个微渺的人，总有着无限的亲爱感。我渴望能以小说的方式，与他们一起分享这小小的溢出的乐趣，比如，有梦便真。

（2018年）

辑三　浮生

水

青梅竹马。我是在洗脸的时候突然想到这个词的，我觉得用它来描述我与水的关系恰到好处。这样想着的时候我并不激动，我像以往一样木着脸看着水心不在焉地流过我无所事事的左手，就像一对因相交太久而互相失去激情，但又囿于现实懒于另寻出路的伴侣。尽管如此，我们双方仍忠实地按照习惯的方式保留着相互的爱恋和陪伴。我用水（水帮我）洗脸洗手洗口腔洗肠胃洗一切不洁或疲惫的地方，以及衣服、饭菜、桌椅、地板等构成我全部生活的物质和空间。我与水的这种无所不在、体恤备至的关系甚至开始在情感、意识产生之前：我懵懂无知的婴幼儿期、没心没肺的孩童期，直至水灵灵的少女时代，然后是风韵虽存但已归于平淡的妇人。日久生情，我与水在意识上在事实上已须臾不可分。我淡淡地爱着水，就像它一天天淡淡地触摸着流过我的日子。

正由于这种由来已久的触摸与陪伴，加之我自我保护的本能和善于模仿的天性，水的随意性多变性已在很深的程度上潜移默化地塑造了我的状态。我的生活其实就是像水一样不断地在各种容器间被倒来倒去，这过程中的被损伤被蒸发被玷污我已习以为常，我惟妙惟肖地学习到了水的沉默的忍辱负重的美德；甚至在每个临时性容器中（世上难道有我可以栖息一生的处所吗？），我也像水一样不着痕迹地在瞬间与容器贴合得不留一丝气泡，我和水一样假装快乐地尽力忘掉我们俩在乡下的童年曾经有过的自由：在河塘菱叶的浓荫下，在柔曼的水草边，在鱼儿双鳍的划动中，在水牛黄昏时分酣张的毛孔里——我们曾经有过的肆意与张狂、丰满和修长。我们忘了。我和水一样乖巧随和略带讨好地紧贴着承接我的容器——办公室、会议室、公共汽车、街道、商店以及人群。并且，我还像最高明的隐身人一样在顷刻间藏起我纯净透明的本来面目，忠实地折射出与容器相应的色泽。我严守作息，坐功非凡，永远趴在办公桌前像个无比勤勉的公务员；我在庄重的没有空气的会议室正襟危坐，记录，并不时作一些缓慢沉着（言而无物）的发言；在热气腾腾的商店，我兴致盎然地被人群挟持着被巨大的潮水摇晃着像快要结婚的人那样大肆购物——虽然在上述所有的容器中，在上述所有的时刻中

（分分秒秒、年年月月），我都极度渴望安静，空白。我需要水的援助，需要水的洗刷，需要水的笼罩（淹没）。

幸好，在每一次扭开水龙头（这是我与水接触的唯一方式）的瞬间，我都将看到具有较大慰藉性的一幕：我看见原先无比灵动多姿的水被形式化、简单化地塞入水管，被庞大的水塔从地下抽到高空，又通过无数带着锈迹的管道曲曲折折地流进大大小小的水龙头，在被使用后由清变浊的尾声中，毫无个性地呈顺时针方向飞速旋入地下水道。在若干年月的渗透及物理变化之后，一切将周而复始。——我一往情深地凝视着流动、旋转，失去了纯真性情的水，像看着一个因时空变迁而面目全非但自己浑然不觉的旧日恋人，并充满殉情意味地感叹：水犹如此，我复何言？

我只是无法控制地像被催眠一般时常怀念我在童年时用双手划过清凉水面的感觉。那时，我和水青梅竹马，都还挺小的，也挺自由的。

（2000年）

江南吃食

总的说来，江南的吃食很适宜女人，即所谓的精致嘛，它的量从来不会很大，甚至可以说是少的，比如说一碗馄饨，一对鸭油酥饼，只一份无论如何吃不饱，两份吧又有失斯文，外地人不免以为这是一种经济与精明的手法，其实，不管谓之精致或精明，我倒认为，这恰恰符合吃的基本哲学：讲究节制，留有回味——最起码，这招对我很管用，因为次次觉得没有吃够，就次次都惦记着，下回还要再吃。

江南吃食中惹我惦记的甚多，粗分一下，大致三类。

一为糯米食，这是江南吃食中的甜软招牌，几可与北方的面食对峙一番，北方的强项，总是碱香馒头、拉面、疙瘩汤之类，而江南的糯米食，则以百分百的糯米为主打，如青团、驴打滚儿、黑米糕、桂花糯米藕、酒酿元宵、汤团、肉粽一类，其黏软香糯，世间无二，但凡喜欢吃糯米食的人，到了江南地带，尤其是一些老街小巷，看到那泛着瓷光般的糯米吃食，恐怕浑身也都要软了。尤其是每年清明左右的青团，必须要此季的嫩艾草或雀麦草的草汁和以米面方可得，故而愈加显得“原生态”，咬得一大口下去，带有不可复制的水乡草香，像是吞下了小半个草长莺飞的江南春。

我先生的老家是常州，每年春节后，必要带来常州两种地产：一为常州百叶（这个稍后再表），一为各式团子，团子的馅料分别有细豆沙的、萝卜丝油渣的、青菜肉的，为了区分不同的馅料，便在团子上或是点了红点，或是捏了个小窝子做记号，十足家常的随性与亲切感。这种团子，保存时泡在水里“养”着为好，否则较易干裂，吃时则隔水蒸了即可，不出几分钟，整个团子便给蒸得趴了下来，须用筷子费力夹起，一边快活地期待着被那团子粘着盘子粘着筷子又粘着牙齿的狼狈相，尤其可喜的是后两种荤馅的团子，肉油与糯米相和，浓得要滴出汤来，实在令舌头极为喜悦，肠胃亦大感服帖。我本生长于苏北，从小只吃甜的素糯米吃食，但自常州团子起，感到眼界一开，自此，对肉粽、粉蒸肉、珍珠米团子一类，均趋之若鹜。

第二类，即为豆食，比如刚才说到的常州百叶，其实可能各地都有做得极为正宗的豆食，比如南京高淳老街的豆制品，即是相当出色的，可常州人依然要言之凿凿的："哪里比得上我们常州的百叶……"常州百叶的香，确实有些异数，坐了火车捎过来，又在冰箱放了一天半日的，拿出来打开包装，那原始而淳厚的黄豆香还是丝毫不减，扑鼻打面而来，用它来炒水芹炒青菜，或是长时间地炖肉（若是咸肉，味道更鲜），滋味深浅各有不同，好比淡妆或浓抹，都能爱煞一桌子的人。

同样是做豆食，到了苏州，则摇身一化为豆腐干，当然，作为江南名点，它已被人们提得太多，只因它实在甜中有咸，咸中带香，香里有汁，汁可回味！还有它的颜色也不得不提，那种茶褐色，一看便是老汤水浸泡煎熬而成，带着油润的光泽，且是非常之低调的哑光，在低调中无限地诱惑——我念书时有个苏州同学，每次开学，必带一些至为正宗的豆腐干过来，不等她行李放好，几袋被搜身搜出来的豆腐干已是"强掳灰飞烟灭"。

南京的秦淮人家呢，则喜欢做大煮干丝，我本以为这是寻常菜式，不值一提，某日在北方饭局，席间偶然提及此菜，说到原料，一圈北方客竟然对"千张""百叶"十分陌生，害得我费了好一阵口舌，同时也升起一阵作为食客的庆幸，好在，咱寄生于江南，可以随时亲近此菜，自那黄白的鸡汤里挑起白黄的干丝，里面还穿插有绿的菜叶、红的肉丝……

第三类，算是荤食了。江南的荤，非常女性化的，体贴人的，它不肥腻，不吓人，甚至还能美容，总之，吃它是绝对没有心理压力的。比如浙江的沈万三猪蹄髈，比如无锡的酱排骨，比如扬州的狮子头，比如靖江的蟹黄汤包，等等。有次到浙江的千灯古镇去玩，在巷里即看到现卖现做的“沈万三猪蹄髈”，是正儿八经注册了商标的，其坊间的作派非常具有蛊惑力——一排排赤红油光的猪蹄髈，浓墨重彩地趴在一个巨大的白色托盘上，红罩的顶灯里射出黄灿灿的光打在上面，只见只只丰满，肉皮厚笃笃的，烧得微微弯曲了，向内裹住，一直裹到骨头贴身处，骨肉交际处，略见松动的缝隙，那是被家传秘汁文火慢慢熬出来的，似乎只需用手轻轻一带，大块的肉就可入口，化入肚肠了！

更有趣的是叫卖的女人，个个脸圆肤白、头扎方巾，一脸衣食优裕的福相，她们贴心地望着你，替你在那些猪蹄髈间富有经验地遴选：喏，这个皮最厚，有咬劲的！要不这个，你看看，这么黏，这么软，味道全都进去了，我给你多浇点汁，回家还可浇在白米饭上……被推荐的人往往就傻了，馋虫在胃里四处爬。哈哈。好的，来两个！不，来三个！现场备有一种即时密封袋，只等你选好，便可替你包装得天衣无缝地带回家去。

其实说到底，中国之大，处处皆有美食美味，只因我的胃已被这江南收服，故对其一往情深，忠贞不贰，不管到了哪里，再好的大席面吃下来，总还是觉得江南小巷的碟盏小食更加中意，饮食虽是物质的存在，可它的确寄托着贴心的气韵、甜软的人情与浓厚的世故，有江南之所以为江南的不可言传之妙。

（2009年）

哥廷根日记

“拜访”朗诵会

到哥廷根的第二个晚上，睡眠还处于混乱状态，但已经开始“拜访”文学了——这个活动在节目单上写作“Hausbesuch”，哥廷根大学中德跨文化日耳曼学系交流项目负责人Schweiger女士今晚与我同行，她把这个词译作“拜访”，这是哥廷根文学中心所创造的一种文学聚会模式，已经进行到第九次了：文学活动从公众区域转入私人空间，在某个家庭里举办文学朗诵会，让文学像客人一样敲门，进入家庭，进行一次随意但愉悦的拜访。由于空间的原因，所以一般规模不会大，二三十人，为了增加一点儿神秘的趣味，所有的人直到买票时才能看到接待这个活动的私宅地点与承办“主人”是谁，也许正好是自己认识的朋友，也许是工作伙伴，或是别的，比如这次，Schweiger就意外地发现，这次接待拜访的主人是她女儿学校的老师。

这次“拜访”的主宾是德国作家Lutz Seiler，获奖甚多，包括在德语界非常重要的Ingeborg-Bachmann-Preis文学大奖。他原先写诗，后转为小说，以语言精美细腻著称，不过他的作品亦尚未译至中国。稍后，我与Schweiger讨论起这个话题：与复杂的故事性或话题性作品相比，以语言见长的作家，较难通过翻译传播到另一个文化中，因为其特质会变形、流失，弄不好更会意味全无……这是文学译介中的老问题吧，但同样作为作家，我不禁还是感到一点儿小小的情绪上的触动：这正是文学的敏感、局限与骄傲之处。

活动八点正式开始，七点四十五进入，我们早到了几分钟，就一直站在楼下边谈边等，正好有人陆陆续续地到来，大多数骑自行车，在这个偏热的夏日黄昏，他们个个满脸汗珠。哥廷根人很喜欢自行车，Schweiger就曾经带着她的两个女儿利用休假期间花上两个星期到德国东部进行长途的骑车游玩。而在哥廷根，因为城市较小的缘故，自行车、步行确也是最合适的出行方式，这也就可以很好地解释，这个小城何以如此地安静与芳香了——草地与树林的气息永远包裹着每一个人，本地人一定不觉为异，但对比我那繁华喧嚣、令人爱恨交加的南京城，还是让我品尝到一种梦境般的感伤。

时间到了，大家上楼，果然如我最初的预料，这更像一个文学同好的活动，有出版人、大学退休教授、医生、艺术家、学生等，也有作家本人的童年伙伴，甚至有朋友从外地赶来，除了我这个初来乍到的异乡客，听众们大多彼此熟识，尤其是Schweiger，因她所主持的课程设置之需，她与这当中的许多人都有交往。等待中，大家闲聊，在Schweiger的翻译下，我与一位以出版文学图书见长的出版社负责人聊了几句，他介绍说，他们曾经引进过一位韩国诗人的作品，其过程是：先让懂德语的韩国人译成德语，再让一位德国诗人对其进行诗化，两道工序！Schweiger也顺便说到，在她的课程中，她会让学生把德文小说译成中文，再让中国学生将其译成德文，然后再与原著进行对比，大家讨论差异……仍是翻译的话题！人们永远在努力，从不同的方向，希冀可以更大程度地贴近彼此的心灵，唉，巴别塔呀！

朗诵终于正式开始。作家今天所读的是一本关于童年回忆的书，由于他的东德背景，当然会有很多具有年代与地域感的细节与气氛，对于两德往事，三十五岁以上的人都会有他们的强烈感受……关于书名*DieZeitwaage*，是用于钟表的一个机械小装置，永远摆动不停，Schweiger跟我比划了半天，加之我的胡乱建议，抽象与具象两相结合，最终译为《时间秤》——我喜欢起这个名字了，有渺茫之感。

朗诵持续了约四十分钟，因为完全听不懂，我也基本上就走神了四十分钟——这是另一个时空的四十分钟，伴随着耳膜里陌生语言柔和起伏的冲击，我注意到斜顶窗外由明亮至红黄至灰蓝的天际，视线掠过墙上的黑白肖像日历、室内聆听者们陌生的一动不动的背影，以及长条桌上开始软化的各种奶酪以及新娘一般等待亲吻的红酒……语言在空中疏离而独立地流动，但我另有感受：关于《时间秤》，如果在秤的这头放上文学，那么另一头，就是眼前这所有的一切，或者更多，多到整个世界；也可能什么都无法搁置，文学如此之重，同样如此之轻，如同窗外的哥廷根小城，或是我的南京，以及地球上每一片点点星火的夜色，以及所有无法入眠的面孔。

在陌生中寻求

出门行走，我一般较少事先做功课，一来是懒，同时也是情愿心存一个“陌生化”的期待。在德国的这一个月，一半时间工作、上课、参加文化交流等；另一半时间自由行走，或详或略。我预订了全德通用的五日不计次火车票，跑了四五个小城，看了八九个地方——每次都是兴起而去，茫然摸索，常有意外之喜。这得大大感谢德国火车（DB）的周全与便利。DB网络覆盖庞大，而且一切查询、订票、购票、转车等全可以自助，自助机器的界面非常之友好和傻瓜，像我这样缺乏经验、英语初级且全无方向感的单身旅者也可以毫无障碍地通行顺畅。

前两天去位于柏林Revaler街的RAW-Tempel，也有意外之喜。

一出轨道站，看到层层叠叠遍布树干、站牌、墙壁、栏杆的涂鸦与招贴，地面海报飘零，又有沿路散漫的玩牌者、问路人讨要酒钱的醉汉，生锈了的铁制楼梯上，两个男人在风中彼此亲吻——顿时感觉到一些异样，似是蔑视繁华与随波逐流的粗犷气息。

转入RAW-Tempel内，跟北京的798接近，也是以废弃旧厂区改建的自由艺术家工坊区，但这里以表演为主——当天的这个表演团队Chaussee der Enthusiasten就是固定在每周五晚上，由四五位作家组成，他们轮番上场，手持他们新近创作的短文，运用背景音乐、简单的灯光、投影仪、说唱等形式对作品以搞笑、讽刺风格进行表演，当中也会结合到一些观众兴趣点，如世界杯、德国总统、柏林某个名声不太好的区、性笑话等，逗得台下众人前仰后合大乐不止（其情形与中国人听单口相声颇为类似）。因票价低廉（四欧），观众挺多，一百五十人左右的位置几乎都满了，男女们快活地买些喝的，仰着脖子等着开场。

几位表演者很讲究互动，大概是注意到这边有中国人，其中一位先过来跟我聊了几句，而在接下来的开场中，他就很“切题”地带领全场大声以中文说“你好”，并逗趣地谈了谈中文的学习……后来我才知道，原来这个团队也参与过“中德同行”的活动，去过中国的上海、南京等地，还真是巧合——但这不是重点，今晚的重点，就我所体验到的，是变形与陌生化在文学传播中的运用，并且，这还勾起了我最近一直在思考的一个问题：关于文学深入大众的可能性与影响力。

因为常被人拉着谈文学或者是我故意拉着别人谈文学，慢慢得出一个印象，国人对文学的态度，似有两个极端，要么较为漠然、远远绕开，因为这不关乎他的日常流水与功名利禄；要么又太过敬畏与隆重，敬惜字纸，高高奉上，不肯或不敢亲近。而这两种情状所导致的结果就是，纯正文学与中国大众的生活永远隔着令人遗憾的深长鸿沟，许多优秀的文学作品最终只能如深山百合，芳香流失荒野。

文学究竟应当以什么样的面目，通过什么渠道与人们亲近？是否就该当一成不变地保持端庄和羞怯？是否对文学进行“推广营销”、软化的渗透就是有失斯文或失之轻佻？也许，我们应当更多从社会综合利用角度考量，使文学担当起作为精神资源的角色，对其社会作用力与再生产能力加以“普世化”与“世俗化”的拓展与运用——中国现在缺的不是物质进步或购买能力，而是人们诗性思维与文化消费习惯的培养。

而今晚RAW-Tempel的这场表演，虽然水准谈不上多么高深，但由作家本人现身对文本进行戏谑化、喜剧化的处理，同时借鉴通俗舞台手法，使文学以“变形化”与“世俗化”的形态出现在市民之中，倒真是恰到好处地起到一个小小的调节性的亲和作用，使人们在这么一个平常的夜晚，穿着T恤、喝着啤酒，聚拢而来，与文学小品这么相亲相爱乐上一场——

当然，这样的想法同时也伴随着另一些矛盾的心态：文学与大众生活，文学与其他艺术表演形式，那种微妙的分寸与距离，恐怕真跟美好的恋爱一样，也有一个程度上的节制与把握。“陌生化”的前提必须是“文学本真”的结实与丰富，是改造手段的合理与融洽，当然还有作家本人对艺术变形的热忱与自信……

这样起伏的想法稍后在参观布莱希特故居时似又获得更多暗示，我记起来，这位政治家兼戏剧家有一个关于“陌生化效果”的戏剧理论，包括间离、疏离、陌生化、异化等多重含义，当然布莱希特先生的原意恐怕无法以这几个词来简释，但这不影响我用它来维护我对文学传播“陌生化”的理解：文学需要不断地放下、融合、抛弃、重塑与再生，最终，她将获得层次丰富、如同多层面具般的社会亲和力与传播性，可以夹在面包与黄油里，成为日常起居的一部分，成为大众精神生活里最甜的蜜。

在摇晃的椅子上看球

“在摇晃的椅子上”，这是跨文化交流尤其是翻译界里一个烂俗的比喻，意思是，因涉及不同文化背景不同立场，往往是两边不讨好，脚底不牢靠，摇摇晃晃地简直就落不下个安稳，得不到个好！这届世界杯，我有一大半的时间在德国，虽不是球迷，但环境所致，也“被球迷”了，而一同看球的，往往不是纯粹的德国土著，移民或留学生，占了一大半，我常常感到，这样的一群人，其实也蛮像是坐在“摇晃的椅子上”看球！

德国对塞尔维亚时，我在哥廷根街头酒吧逡巡兼偷窥众生态，在露天吧当中正经落座、要上吃喝的那群人，以本地居民为多，拖家带口，十分惬意，就算输球，也不影响他们搂过身边的女伴亲上几口。而在各个巷子口，尤其是酒吧的外围，则三五成群地散落着来自异乡的年轻球迷，眼睛瞟着露天电视屏，卷着相对廉价的烟丝，一边嬉笑着说他们自己的语言，也许是土耳其语——德国的第一大移民人口来自土耳其；加上哥廷根本来就是大学城，有四分之一人口为大学生，以我的住处歌德学院为例，我的左邻右舍，有包着严密头巾的，有裹着沙丽的，有见面就鞠躬的，有逢人就贴面的——所以，那些年轻人，真要细细问去，恐怕遍及各大洲吧，我不知道，他们的立场在哪里？是遥远的故国，还是脚下的热土？我既曾亲眼见过两群小伙子，看球时突然动起手脚，若不是酒吧招待及身边人拉得用力，马上就会扭成一团；也曾见到一群深棕肤色的少女，非常迷人地裹着德国国旗，央我给她们拍照留念。且说当天，那场球结束之后，因德国失利，哥廷根的大街小巷分外安静，偶有醉汉咕囔着从超市出来，腋下夹着一瓶新酒，我匆匆往住处赶，过马路时，忽然见到一辆挥舞着塞尔维亚红蓝白国旗的敞篷汽车，非常嚣张地招摇而过，上面几个男子大声吹呼不止——这样的狂欢劲儿，勇气实在可嘉，我身边等红灯的一个德国男人，正苦着脸呢，不知说了句什么，我想大意应是“看谁笑到最后”之类的吧。

话说我们中国留学生，可能倒简单一些，反正场上没人，椅子放在哪里都是没有问题的——但实际上，看球若没偏向，那还有什么劲儿呐。德英那场球，我和一群中国留学生到一个德国教授家中看球，这些中国学生俨然已是德国球迷打扮，女生头上扎着黑红黄三色头花，男生穿着德国13号球衣，一到德国进球，满屋子狂欢，相互碰杯！那场球是“效率”极高的，一下子进了五个球，而英国的那个“冤球”还没算——立场在这个“冤球”上立现，比如我，一来是不懂球，二来我希望双方机会均等，所以对那个球，我当时便十分讶异并心疼，追问不止，为什么不算啊，太冤枉了，英国队太可惜了之类，我一直说啊说的，终于发现，没有一个人像我这么较真的，德国夫妇、他们的邻居以及孩子们自不用说了，包括中国留学生们也都以一种德国式的“简洁”口吻告诉我：赛场就是高度尊重裁判的，他说没进就没进。没有为什么，没有冤不冤。这就像德国的电视转播，对自己的进球，是三番五次重播，反复回味胜利滋味，可这个极富争议的球，偏偏一带而过，没有进行更多的盘桓。我有些哑然了，可想想，我刚刚还吃了人家德国两根图林根烤肠和一碟土豆沙拉呢，愈发感到身下的椅子摇晃得厉害，犹犹豫豫中，我也举起啤酒杯，跟身边的一位中国女学生碰了碰杯，她辫子上扎着德国国旗色头花，确实挺帅的！

《理发师的野餐》

哥廷根大学德语系负责人Bogner教授邀请我参加她们

最近正在做的一个研究课程，细一打听，正是Schweiger女士跟我说到的那个试验：一篇德语短篇小说，先由拜罗伊特大学德文系的中国学生翻译成中文，再由哥廷根大学中德跨文化日耳曼学专业的德国学生翻译成德文，然后把这个经过中文转译而来的德文再与原文进行比较，研究德译中、中译德这两个过程中，文本所发生的衍生、流失与变化——这个视点很有趣，有趣的一个重要原因跟这篇被拿来翻译的德文小说《理发师的野餐》有关。

《理发师的野餐》是德国女作家菲丽西塔丝·霍普（Felicitas Hoppe）写于1996年的成名作，她在德国颇有影响，曾获创意文学奖、格林兄弟奖、不莱梅文学奖等，其小说素以哲学思辨、怪诞的意象和令人窒息的幻想著称——字面意思好读，真实意图难懂。这小说不长，译成中文仅两千字，但乍见之下，便可以明显感觉到其典型的超现实主义风格，某些细节与意象如同梦境中的迷雾，比如，野餐时宰杀小白兔，光头理发师，把门窗钉死，戴假发套取暖，等等。我与Bogner教授、Dengel教授事先共同探讨这些疑惑之处，她们两个也有些茫然地频频耸肩，并解释说，霍普的小说，就是这样，不同的人会读出不同的结果，也有很多读者明确表示看不懂！我不禁有了“看热闹”的心思——可以预见，这样所指不明、路径交叉的文本对翻译来说的确是个挑战。

霍普女士到现场参加了这个在歌德学院活动厅举办的译本讨论活动，主办者很具幽默感地用上了理发师常用的工具——彩色发卷，卷起了一个包含三个文本的书面读本，人手一份。然后，由作家本人来读原文的德文，我来读中文译本，再由一个德国学生读转译出来的德文译本——第三段的朗读中，席下不停有人发笑，听众主要是哥廷根大学与拜罗伊特大学的中德师生、歌德学院方面以及一些闻讯而来的文学爱好者，转译的德文不仅长出许多，在风格上也发生了明显的迁移：从古典变得现代了，从含混变得确定了，从暴力变得温和了！而由于中德语法关系的变化，以及两重译者个人意图的影响，增加了原文中所没有的很多逻辑关系，更喜剧性地飞来一些原先被隐藏的主语……

随后的讨论，话题主要集中在两个方面，一是对作家文本中诸多隐喻的探究与印证，光头反复出现是什么意思？对小白兔的暴力是否有暗示？理发与死亡是否有关联？二是对转译出来的德文版本的分析，为何多出这个？为何变成这样？译者对作家意图的理解是一种再创作还是伤害？不同文化背景的语种注定会产生充满歧义的译本？等等。颇有些穷追不舍的学术劲儿，但大家兴致颇高，一直持续了两个小时——大概也只有德国读者，才愿意这样，像啃硬骨头一样去对付他们所不能理解的作品。

活动结束，像是吃完了“理发师的野餐”，众人愉快散场——

不知为何，我突然想到了交际舞。

刚工作那阵子，我感到自己的性格偏于内向，或者还有别的考虑，总之突然心血来潮地报名参加了一个社交舞培训班，并假模假式学习了华尔兹、伦巴之类的基本动作，不过惜乎现在基本忘了，只记得男学员那又湿又黏总在出汗的手……扯远了，话说回来：国际文学交流，某种程度上，着实像极了交际舞——两种语言、两种文化，正如一男一女，他们彼此充满兴趣，相互诱惑，试图合作，并且你进我退相互妥协，以寻找共同的节奏，创造出令观者赏心悦目的身姿，但这过程中，总会充满不为外人知的别扭、误会或差池，有小的摩擦与磕绊，甚至方向走反了走乱了、狠狠踩上一脚都有可能。但怎么办呢，交际舞的功能就是交际与舞蹈，它最终的目的是为了公共的呈现，为了彼此征服，为了合二为一并诞生出血肉关联的美。

所以，从这个意义上来说，尽管目下国际化的文学交流可谓十分之热火——是啊，国际化在艺术圈总是很重要、特别重要，有时候甚至是唯一重要的事。这有点儿怪诞，但人们总特别乐意推崇那些得到国际印章的东西，从物到人到艺术，这简直就是我们的一种风俗与命运了——

但对这种现场式的跨文化、跨语种的交流，你绝对不要期望太多，你所看到的结果肯定不是对语言个体或文化渊源的独立考察，而是相互渗透与影响之后所产生的一个全新事物。

语言毕竟不仅仅是语言，不是把骑自行车换成坐高铁这种纯物理化的转变，背后的经济、阶层、意识形态、价值观、历史流变、文明溯源，很难弄得清爽的，就好比我们自己读外国译本，也是一样，原著作者注、译者注、编者注、参考书目等等，一本书上满是圈圈，边角天地都是注解，就这样，还常常读得稀里哗啦、半通不通，途中大概水土流失不少。

恰巧说到翻译，想起一些有趣的邮件。

2009—2010年，我与一个在德国工作的法国人古维兰女士（Violaine Liebhart）通了二十来封信，讨论关于我一个中篇《取景器》的翻译问题。这位年轻女士的职业是金融领域，但她的兴趣在于心理分析。她经常到中国来为中法两国的心理学年会提供翻译服务，然后，不知是什么情况下，她偶然看到我的小说，并想翻译成法文。

通信就此开始了，下面就原封不动地摘取她提的一些问题——一方面是向这位执着的业余翻译者致意，另一方面也以此来表达我对语言这场交际舞的感受，这喜剧式、戏谑般的解构过程。

1.“问讯吴刚何所有，吴刚捧出桂花酒”

意思是不是：我问吴刚他们怎么样，吴刚回答他们都很好！是这个意思吗？

2.“黄褐斑”

是什么疾病？正常吗？

3.“俺曾见金陵玉殿莺啼晓，秦淮水榭花开早。谁知道容易冰消。眼看他起朱楼，眼看他宴宾客，眼看他楼塌了！这青苔碧瓦堆，俺曾睡风流觉，将五十年兴亡看饱……”

给我解释一下什么意思。在网络上也找到一些，但是我想你自己的解释更重要。

4.“小角落”与楼宇中间的“窗台”

什么意思？“小角落”指厕所吗？“楼宇”是什么意思呢？

5.“人类的细节多么不堪推敲，多么不堪玩弄”

“玩弄”在这里的意思是用得太长时间，所以变坏？

6.“性，可如明镜鉴忠心，如烈火烹热油”

这是表达什么的？

7.“她们一起去看内部小电影”

这是什么样的电影？

8.“她的泪水滴落在枕上，快速地洇开来，一朵朵梅花”

请问泪水跟梅花有什么关系？

9.“深水静流”

这种水会带来威胁对吧？

10.“……这些衣服的际遇，也许总在暗合人生的命若琴弦”

衣服与琴弦有什么共同的地方？

……

就是这样的。类似的问题，先后若干封信，约有五十个——可以想象一下，我收到这些问题和回复这些问题的心情和表情！

还有一位南美的西班牙语译者，好像是客居在上海的，他的专业度很高，一篇小说只问了三个问题，有些问题也的确不在一个美洲年轻人的视野里，比如我小说里有一句“肩上带杠的小学生”，他问：“这个杠到底指的是什么？是棍子的意思还是另外一个意思？”我絮絮回信解释道：肩上带杠，是中国小学生在班级里当上班级干部的一个荣誉性的标志物，别在胳膊上，类似肩章，正方形，白底子，上面红色的杠，一道杠是小队长，二道杠是中队长，三道杠是大队长。此处表明，这是一个“积极向上、追求别人赞赏，并已经当上小干部”的小学生，类似于童子军那样的优秀孩子……我想他一定要看到最后一句，才恍然大悟，原来就是童子军嘛。

几年前，在德国哥廷根大学驻校期间，趁着没课，也曾跑到慕尼黑去，到前面所说的那位古维兰家中玩了半天带一宿。她的汉语其实比想象中要好得多，她讲了不少学中文的趣事，包括她到中国乡村游历的处境，就连她剥一只香蕉吃，也会被人围观得里三层外三层，最里一层的人会向外面传话，像描述一只外国母猴子：她、在、吃香蕉！

去她家时，她刚生完孩子，孩子一直哭，她抱着哄，间或“嘘——嘘——”地安慰。我站在不远处，看这一对初次见面的母女，突然松了一口气，婴儿的哭声、母亲的呢喃，无需翻译，这是最基本的属于全人类的部分。文学的核心部分，或也应当如此。

（2010年）

人们为什么要看油菜花

像很多的文艺或文学中人一样，我很喜欢电影《立春》，很大的原因是被它的开头所感动。一片雾蒙蒙的小城景色之上，树枝摇动，偶见星绿，女主人公的声音，一个有些粗鄙的方言口音：春天来了。不知道为什么，一到春天，我就感到心神不宁，总感到好像有什么事情要发生一样……

每年的春天，大部分的人，即使不算太多情但尚存一点儿幻想的人们，都会跟《立春》里的这位女士一样，在内心深处感到一种蠕动着的朦胧渴望。而且我相信，从古代开始，从诗人们那里，就有了这种欲望的传统。这是一种正当的美好的渴望。

排解渴望的渠道之一，便是到陌生的地方，看别人的春天。俗称春游。

对城里的人们而言，何谓陌生的地方？上海不能算，深圳不能算，香港也不能算，因为那里都差不多，都是酒店、地铁、生意与漂亮姑娘。并且城市的春天总是模糊、相近和虚假的，除了奢侈品橱窗的展示会发生一些小小的变化，你还能指望什么？上班做的还是那些，头脑里想的还是那些，端上餐桌的还是那些，大家谈论的也还是那些，所得到、所得不到的，也都还是那些。

必须的，要选择一个陌生的地方去看春天。想来想去，对城市而言，相对的陌生只能在乡村。

乡村的春天才是货真价实的。闻到的、看到的、摸到的、尝到的、梦到的，甚至包括清晨的露水与鸡鸣……具体的就不能展开描述了，显得啰唆。田园的含义，在春天里是最为让人欣喜和天真的。

但匆忙的饥不择食的游客，最先注意到的，最容易为之欣喜和天真的，总是油菜花。

……所以这些年，到比较远的地方去看油菜花，成了一个雅致到有点儿俗气的春游形式。有到苏北的，有到安徽的，有到江西的，甚至有跑到青海的……这个也不要多说，摄影师、摄像师们自然会比我说得好一百倍。

我稍微想说两句的只是：为什么我们要看油菜花。

油菜，说起来，它只是一个最具普遍性的也极为泼辣的乡村经济作物，作为植物，既然春天来了，出于繁殖的权利与义务，它只是顺便开了花，顺便还是呼啦啦地那样开着的，顺便它还具有最为通俗的广受认同的颜色，再顺便，还有那么点迷人的香气……这些，作为某些构成元素，也就差不多了——我们有时候所需求的，倒也不是特别多，更何况这可是大地的无害产出与免费赠予。

可能，还有一些油菜花之外的东西在安抚、兴奋着我们，并在神经末梢里促成了微妙的满足感。

比如，那种一大片一大片的宽广，似乎带给人一种重归天地的微渺感，走在那中间，仿佛是单调地、没完没了地一直往下走，以一种无可奈何的自我放逐的心情，把一切左右两难、五马分尸般的生计问题、人际问题、理想问题统统忘掉！你所要的陌生、他人、偶然、激情、幻想、不可能……都在油菜花摇曳的缝隙间找到一点儿去处了。

我们会自觉自愿地进入那样一种情境，小儿戏蝶般的痴纯劲儿，与同伴嬉戏，与泥巴玩耍，让智性、欲望等降为零，反正不过是农田嘛，不过是油菜花嘛，它们是粗鄙而朴素的，也是实用的最原始的浪漫主义——我在小学时期的许多照片，一个非常重要的背景就是油菜花。因为都是在每年四五月间、小学里拍毕业照时，我“蹭”照片的。我记得很清楚，我、许多老师，以及更多的毕业生，大家都是站在小学校边上的油菜田附近，取其为背景，手上卷握着报纸或是电影画报，然后，身体微微侧着对着镜头，头抬起来，做出恬静但憧憬未来的表情。

油菜花与照相机的姻缘至今还是热烈无比、情深意笃，所有奔走在油菜花之间的旅行者，几乎每人脖子里都会挂着一个相机，人们对美景的占有感是那么强烈，对稍纵即逝的春光的疼爱是那么真诚，以至于似乎只有在取景器里才能注意到那些美好脆弱的部分。

似乎扯得有点儿远了。还是回到开头的那个意思。当春天慢慢地又飞快地来了，当你感到内心的渴望，当你明知什么都不可能发生却仍然期望着发生什么，让我们到陌生的地方去，让我们把渴望与欲念去交付于黄色的大地。

后记：

这其实是一篇“命题”作文，某旅游景点以大片油菜花著称，欲请一帮文人墨客为其渲染。我平生最怕、最恨亦最不善于写游记，于是借故缺席，哪知对方识破花招：人可以不来，但文章仍然要写，并且仍然要写油菜花。不得已之下，只得如此这般……其实，老实讲，我在前面十三年的乡村生活里，真的已经把油菜花看得饱饱的啦。

（2011年）

而今人们挤挤挨挨站满你的书房

亚斯纳亚·波利亚纳庄园是托尔斯泰母亲的陪嫁，他在这里出生，与索菲亚结婚，生养了十三个孩子，失去其中五个；他在这里试验解放农奴，放弃全部版权，放弃庄园生活本身。最终，这里也是他的墓地所在。

庄园有三百三十多公顷，巨大的湖面，水色很深。林道一眼看不到头。白桦高挑静美，橡树庄重黑直。大片苹果园。各种野生苜蓿、牛蒡以及带刺灌木。太大了。讲解的俄罗斯女士挥动着她健壮的胳膊：有湖，有马道，有果园和树林，才算得上是庄园。而这些正是托尔斯泰终身要摆脱的东西：贵族化的占有，阶梯之上的身份，寄生的知识分子闲逸，包括他自贬为“老爷式的游戏”的作品。

与巨大的庄园相比，托尔斯泰和家人的两层小白屋像积木，对这一大家子，加上仆人、医生以及络绎不绝的拜访者来说，显然很拥挤。作为贵族的托尔斯泰在住所上有一种努力，克己的、往低处的努力。房子不够隔音，除了妻子的房间外，托尔斯泰几乎在所有的屋子都写作过，包括一间屋顶高低不平、墙上满是钉钩的小储藏室，他执意去掉舒适的家具，被禁闭了似的，只裹着袍子写。他似乎总找不到一个最为隔绝最为清苦的隐蔽之所……

每一间屋子都不大，在储藏室，在卧室，在书房，在图书室，我们一行十人，加上讲解员，总站得挤挤挨挨。讲解员不得不踮起脚尖，高高举起她手里的照片从头顶上向我们展示。照片均摄于托尔斯泰生前，以证明这屋子的每一样摆设，架子上的书，极矮的凳子，窄小的床，索菲亚手织的床单，他的拐杖与自行车，他床前大女儿的肖像，他洗手的瓷盆，均与当年一模一样。是的，一模一样。我们满意地点头，低声耳语，重复讲解的片段，交换有关托氏的其他传说，带着一点儿同行间的亲昵与暗语，同时用视线在每一样物品上贪婪地抚摸和占有，恨不能用眼球录像，以供将来反复播放、咀嚼。

也就在这个时候，我产生了一种夹杂着畏惧与冒犯的抱愧感。

不是第一次了。在斯特拉特福镇的莎士比亚故居，在多塞特郡的托马斯·哈代故居，在乔顿的简·奥斯汀故居，在魏玛的歌德故居，包括这些天在俄罗斯，我们特别轻易地、脚一抬就拜访了契诃夫、茨维塔耶娃与布尔加科夫的故居，一家家地登堂入室，进入竭力保持当年原貌的现场。“原貌”，这正是故居的重要权利和义务，也是游客们的虔诚渴求。人们齐心协力达成了这一点。哈代的故居里，墙上的蓝色挂盘每天有人把它们擦拭得闪闪发光，桌上搁着的小提琴似乎音质一如当初。黑乎乎的壁炉里，真正的火苗在跳动，把手伸过去，好像在烤一百五十年前的火。有一些柜子被打开，主人收藏的动物头骨眼窝黑洞洞的。他的书桌小得像学生的单人桌，烛台上有流到中途的烛油。如果不是院子里的木椅上厚厚一层发霉的青苔稍微露出点时间上的破绽，我真觉得哈代先生马上就要推门回来了。莎士比亚故居，其拟真的程度更甚，或者也是出于英式的俏皮。餐桌上放着面包、奶罐、刀叉和调味瓶。儿童房里有故意凌乱的小摇篮。他的父亲生前是一个皮匠，以此养活全家，这个房间的讲解员也打扮成皮匠，身着工装，肩上搭着硝过的皮子，当游客与之合影，他会主动拿起做了一半的手套，露出应当是莎士比亚父亲的那种笑。

事实上，作家故居里的大部分物件都是后来的复原与再现，不排除有腾挪与修饰性的取舍处理，更何况，窗外的植物，空气的年份，地板的咯吱声，统统不对了。但这些皆无关紧要，心理和感官上，我们会自觉自愿地完成零度代入，并在这种代入中捕获到无上亲近的愉悦，瞧瞧哪，他的吸墨纸与夹鼻镜，他的烟斗与裁纸刀，他的猎枪与马鞭，他就在这里咳嗽、失眠、做爱，与亲人相爱或厌憎，忍受漫长的孤独以及误会所造就的盛名……

我的愉悦也一样，甚至比别人还要兴奋，我老是要举手提问，并兴致盎然地招呼大家拍照，我是在借助这种热情游客式的行为来打掩护，掩护和躲避耳朵后如影随形的细语。那正是我自己的声音，我在不断消解着前面的愉悦：得了得了，这一切统统跟他无关，这不是他的。所有的物件、痕迹与存在都已随他而去了——不是存心要自煞风景，可能当算是某种保护与隔离，我一厢情愿地想在游客和房屋主人中间拉上一道帷幕。我觉得人们其实也像我一样，并不忍心，并不真的愿意离他这么近。不管他是谁，他不该这样被裸露的，模拟的也不行。他早已通过作品交代了他的那一部分，而今，他应当像个自由的无名者那样，完整、彻底地消失。

尤其是那些手稿、照片、定情物、书信、便条……太热乎乎又太冷冰冰了，迸发着同时又埋没着令人窒息的爱与死。托尔斯泰钟爱的小儿子于七岁时不幸夭折，儿童室里，他的玩具还在，还有他的几大本彩笔画，展开着以供观看：我们又怎么能够观看。契诃夫的书桌上有一张女子侧面小照，这是他妹妹的女友，一生对他痴情，可他从没有当过真。她转而嫁人，遭遇各种不幸，飘零终身。难以解释，契诃夫是以怎样的心情，把她常年置于书桌右方一直陪伴着他？

最典型的是茨维塔耶娃故居，因她离我们比较近，同时也因为这是个色调浓烈的女人。用今天的眼光来看，当算是蛮典型的符合公众想象的“女诗人”，有太多可供评述的元素。她少女时期即为爱情自杀过，十八岁成名，二十岁早婚，不久丈夫参战失去音讯，她流亡至欧洲，好不容易与丈夫团聚，随后却主动追求起后者的同学。她通过帕斯捷尔纳克的引荐与里尔克通信，由此展开著名的三角柏拉图恋爱，以“无手之抚、无唇之吻”而纠葛热恋。故居展览室的玻璃罩子下面，他们的书信，被排成互相重叠和映衬的勾连造型，我把镜头紧贴玻璃，没心没肺、最大限度地拍下这三封私人书信。上面的字母我不认识半个，对字迹自也无从研究。或许并不需要这些。我隔着玻璃定睛瞪着它们，带点嗜血的兴奋与感慨。想象的激情、附会的激情、误解的激情，成群结队地从那些书信中浮现出来，就像他们那黑白分明、依然年轻但带点病相的面孔。茨维塔耶娃这样写过，“我不是活在自己的嘴上。吻过我的人，会错过我的”。“我有一种无法医治的完全孤独的感觉。旁人的肉体是一堵墙，阻碍我窥视他的心灵，我多么痛恨这堵墙啊。”

茨维塔耶娃故居里有一间儿童房，色调极其柔美，小桌小椅小布偶，还有活灵活现的标本小狗。事实上，这里浸泡着苦涩的困厄。在俄罗斯的严冬，茨维塔耶娃用不起暖气，不得不带着孩子们在屋内来回走动，并自称为“室内的游牧民族”。她把她们寄送到育婴房，最后两个女儿一个重病，一个饿死。而重病的那个长女后来受她的牵连，常年坐牢，到死前都未曾母女相见……

是啊，死亡一直是她的主题，她连最终的死也是适宜“传播”的：自缢而亡，五十岁。“我对生活中的一切都是在诀别时才喜爱，而不是与之相逢时；都是在分离时才喜爱，而不是与之相融时；都是偏爱死，而不是生。”她这样预告过她对死亡的渴求。可事实上，自杀前几天，她有过艰难的求助。同样是在那层洁净的玻璃罩子底下，我们可以清清楚楚看到她的一个短函，写给作家协会的，窘境中她想请求一份到作协食堂做洗碗工的机会，这一申请遭到了拒绝，但申请函本身却被保留了下来，这成了她给世间的倒数第二份留言，最后一份是给儿子的，“小莫尔，请原谅我，但往后会更糟。我病得很重，这已经不是我了。我狂热地爱你。你要明白，我再也无法生存下去了。请转告爸爸和阿利娅——如果你能见到的话——我直到最后一刻都爱着他们，请向他们解释，我已陷入了绝境”。自然，我落落大方地拍下了这些留言，熟练到无耻。

出了她的院门，有一尊她的塑像，很好，像陀思妥耶夫斯基的那尊一样的好，好过马雅可夫斯基与果戈理，也好过普希金和契诃夫。顺便说一句，莫斯科街头的作家塑像太多了，以至让我都装模作样地挑剔起来。茨维塔耶娃的塑像有种倔强而绝望的疲惫感，她那样子，像是打定主意，这辈子都不再欢笑了。

我喜欢通过塑像来过渡一下在故居里所产生的那种情绪，塑像相较本人总是有距离感，一种外来的体谅的距离。有时候，故居本身也有一些环节上的设计，可以帮助游客从故居里那种“亲近”到令人惭愧的负疚中跳脱出来，哪怕是以并不很讲究的方式。

比如，莎翁故居的庭院，常年有一批年轻的雇佣演员，穿着中世纪的长袍，在固定的时间上演经典片段，有时会有小学生团队加入，甚至邀请游客参与——表演放松极了，哪怕是悲切的腔调也会让人忍不住发笑。

位于马雅可夫斯基广场附近的布尔加科夫故居另出妙招。他的故居在市中心，相当小，真人演戏是不可能了。但在楼梯拐角，在书房，在走廊，很触目地架设了几部黑色的拨号式老电话机，话机上方的说明写着一串数字，每个数字皆对应一位布尔加科夫剧作里的人物，可能是管家、女仆，或是莫里哀，游客拿起话机，拨出相应的数字，听筒就传来绘声绘色的表演了……我看到有俄国游客歪靠在那里，眯着眼睛边听边笑。

契诃夫庄园这方面也有它因地制宜的贡献。其庄园里有一面不大的湖（不大，是相对托尔斯泰庄园的湖），湖的一半留有野趣，听任一条旧船搁浅于枯枝，可另一半，却莫名其妙地又是木板又是空中长绳又是幔布。我们快要离开时，发现有人在岸边布置活动座椅，呀，原来这是一个湖中舞台，看那自半空降下的幔布，当是《海鸥》的背景嘛！黄昏临近，光色半晦半明，简陋也成了一种趣味。契诃夫故居还有一个更戏谑的保留节目：每年9月份的第一个星期六，会举办腊肠犬竞技大赛。典故自然是出于契诃夫生前最心爱的两只腊肠犬，契诃夫因为一直行医，故用两味药名分别命名了它们，不久又觉得这样不够尊重，遂又替两只狗加上了正式的教名——这的确挺契诃夫的！我们去的那天，正逢狗比赛的日子，庄园入口处一本正经拉起了橙色横幅，满园都是小板凳般肥肥钝钝的小黑家伙们，它们不大叫，沉默地四处嗅闻，好像在寻找神秘的启示。比赛在契诃夫半身铜像后的大草地举行，有一长排帐篷供腊肠狗们休息，评委们都挂有胸牌，虎着脸审核长长的狗狗名单。评委与狗，都来自不同国家，绝对是一等一的国际化赛事。挺好。契诃夫园子里没有樱桃，但有许多的苹果，自生自落，我们捡了几个分而食之。这也挺好。

而最最好的，则是故居里的墓地。事实上，故居通常都只是作家们的出生地或某个时期的居住地，其墓地往往在别处。如本文开头提到的，托尔斯泰葬于他的出生地。死于无名车站之后，人们把他接回了亚斯纳亚·波利亚纳，并如他遗嘱所要求的：要像埋葬叫花子那样用最便宜的棺材为我做一个最便宜的坟墓。他的墓地在林子深处，没有任何标记，哪怕一个小木十字架，只有微微隆出地面的棺形墓，淹于随意生长的青草，人们一不小心就会走过去。我们也是发现错过了，重新回头才找到。站定之后，我们，还有另一群游客，一下子都静默了，连呼吸都显得赘余和粗鲁。茨威格写过，这是“世间最美的、给人印象最深刻的、最感人的坟墓”。这笨拙的排比像是学生作文，但真的，我完全同意。没有见过比这再动人的墓了。

（2015年）

睡不着的夜里最好有雨

睡不着的时候，什么都不对。枕头高了一会儿又低了。床单皱巴巴的。被子不贴身，脚头总漏风，可不漏风了又嫌热。腿怎么摆都很疲劳。最要命的是会觉得耳朵多余，硌得疼，简直很想学梵高那样干脆地“来一下子”。有时也会缓一口气，放眼四海及古今，宏观地幻想起某种“天涯共此时”的大幅度画面：不只是我一个人在受折磨，太多了。此时，及过去，包括将来。这是一个有传统有延续的庞大队伍，整个人类都在其中呢。就这么消受吧。

况且也不尽然是无聊。四点半过后，窗外就能够很隐约地听到扫地之声，由远及近，由轻而重，非常之精微，有如一种新式的特制的音阶。我有时会琢磨那个扫地的人，有点儿替他（她）担心，想想看，那一下子，又一下子，再一下子，没完没了地扫过这寂寂然的仿佛杳无人烟的街道，他（她）会在想什么呢？我替身般地假设着，万一我就是他（她）呢，谁说就不是呢。

还有送奶工。我听到他的电动小拖车“吱”一声在楼下刹住，然后是“咚咚咚”很有力的、三步并着两步走的爬楼声，牛奶瓶们互相碰撞，低低的清脆声，好像惊讶的谈话。我有时会不管不顾地迅速起身披衣冲到阳台，等着送奶工从我们的楼道里出来。我看到他穿得很轻便，浑身冒着热气，单薄得如同女人。他像矿工一样戴着顶灯，我看着他和他的顶灯，跑入我们对面的楼道，以光柱的形式一层层向上移动，不知疲倦地勘探着黑暗……我睡不着时总要等送奶工与他的奶瓶们的声音。也许前后楼有不少邻人都在等，但愿他知道这一点：他的深夜劳作除了带来白白的奶瓶们，另有一重隐性的抚慰效应。

当然最好还是下雨。但这得看运气。我特别希望睡不着的时候听到雨声，在夜晚的0.618处，所有人都像娃娃那样沉沉地熟睡，像是互相背弃、争相离开似的。只有雨，迎面而来了，均匀地落在所有的树枝上、地面上和垃圾筒上，极有分寸地敲打窗玻璃，那声音刚刚好，都不用支起身子即可听得相当清晰。我会感激得要命，非常宝贝地听那雨声。

失眠的人，脑子里极其拥挤，像不要钱、酒管够的酒吧，半辈子的事情都无礼地跑到那里去了，尤其是那些不重要的、非常无用的事情，却在一百遍地重复，怎么也无法摆脱。人这时候是不舒服的、有痛苦的，甚至会涌起刻骨无情之感。但有了雨声在窗外淅淅沥沥的，多少就好多了，脑子里的堵塞与汹涌，开始有了节奏和秩序感，一种类似于灵感的东西，像金色的光线一样洒进来。痛苦开始由苦渐甜，脑中纷至沓来浮现出一些短句或是两个机灵得不相上下的标题，甚至是主人公外貌上的某个特征、在哪一节里应当出现的景色描写，等等。我心里起伏而雀跃，都有点儿喜欢起自己，我尽量地咀嚼，用力记忆，克制住不起身去摸笔拿纸——我怀疑并且也希望我正在通往睡眠，可千万不要惊扰到这个脆弱的过程。再说写下来的动作是多么的俗气啊，那都对不起灵感的光临了。

可我很快知道我没有睡着，因为雨声还很清晰，并变得稍微响了一些。雨大了。我想到自己幸好是醒着的，能够捕捉和分辨出这差点儿错过的变化：我要对得起雨声的。我近乎用功地继续听着雨声，好像这样一来，我会比所有睡去了的人，享受到了更多一些的生之趣味。这专注的聆听，有救助之效，有如洗刷器或过滤网，堵塞住的脑子渐渐松脱开了，那满酒吧的鬼魅人影开始散去，各种乱七八糟的事情都像潮水一样退却了，只留下空瓶子和脏脚印，角落里偶有些想法的残片，我用眼睛的余光挑剔地掂量，不行，这个不行，那个也不行……但在视线尽头的某个拐角，总有些亮晶晶的东西，闪烁着。我提醒自己，记得的话，将来最好用它们来写小说。实际上即刻就要忘掉了，因为在雨声里，我最终算是睡着了。

醒来的时候，世界已经亮了。外界没有任何残存的迹象表明，夜里有过雨。没有下过雨啊，所有的人都否认和反驳。我很满意，假装承认是听错。我心里有种自私的甜蜜感，我知道绝对有过雨的，那是只给无眠者在深夜里听到且须是独自听着的雨。

（2016年）

看朱鹮起舞

先讲朱鹮艺术节，前后看过两届。荣念曾的二十面体与省昆的合作，直至扩大到亚洲各国各表演领域的参与与共进。一直偏爱这种现代风格的跨界实验，这也是我对舞台艺术一直念念不忘深有寄托的原因。正宗的古典艺术，“昆”也好，“能”也好，“泰国古典舞”也好，技术与专业性的程度非常之高，唯美、深厚而孤独，但创造空间相对也稍小一些。若从这些深厚的“大箱子”里拿出一部分元素，肢体也好，腔调也好，伴乐也好，服装也好，哪怕就是半只水袖，与其他“大箱子”里的另一些东西进行组合——新的审美创造，就此来了。

我喜欢昆曲演员被解构成只一具身体和一张面庞，没有妆，没有扮，没有戏，没有服，但她（他）全身上下每一个毛孔、每一根骨头还是“昆曲”的。这种奇异的既是又不是，令人震慑和感动。我尤其喜欢朱虹的表演。她的脸和身体都有决绝感，却又天真、干净、冷淡。还有杨阳，他的肢体与表情，冷静、疏离、投入、理解、失望。这种气息与修养，不独是他的，我觉得是昆曲的。昆曲这剧种本身就有一种强大自在的质地，经得起不同方向的折腾、伸展，非常地适合“现代化”，适合“极简主义”，适合“打破与重组”。

还有音乐与灯光，这些看似辅助其实也是主角的东西，大有讲究，但观众如我，都是绝对的外行，只晓得综合感觉上的“舒服”或“不舒服”。朱鹮“一桌二椅”系列中，音乐是很吃重的，大部分时候寂然无声，以“不存在”的方式呈现，一旦“存在”便是骤然而起，如汤如沸，十分恰切。原生态或电子，转换自若，毫不生分。另有灯光。舞台装置的个性或气质，有一半在灯光上——但个人感觉，“一桌二椅”系列，灯光相对稍欠。

要另起一行，对道具专门示爱。一桌二椅，或者直至九椅，这个自然不是独创，抛开朱鹮艺术节不讲，古今中外，各门各类舞台艺术，都有这个最传统也最稳定的道具搭配。想想也觉得奇妙，桌与椅，极其平淡熟视无物的日用器具，到了舞台上，端端正正也好，东一只西一只也好，互有呼应也好，各自冷淡也好，有人物穿插起伏也好，孤零零灯光打着满地的灰尘也好，只有钢琴音在无聊地敲着也好。这一桌二椅看上去就是动人心弦，有着无尽的气氛与命运感！不写了不写了，对一桌二椅，怎么爱也不过分。

当然，古典与现代的交融与跨界，真正的难度肯定在“现代派”这一方面，既要高深又要杂交，既要广开，又要收紧，既要反复精减，又要试图叠加并求再生。以我的观感来说，朱鹮艺术节的广开、杂糅、现代派、解构、清减都有了，但收紧、叠加与再生似乎略有不足。游离与空白，就真的仅仅是游离与空白了。当然，话说回来，空白而今也是奢侈的补养。现场也有老年观众在打瞌睡，但我注意到，当台上时势变换、人物腾挪，这位老人猛然惊醒后，他眼中的惊慌与爱情，就像很多年前一样。这可能正是朱鹮翩然起舞离去的瞬间。

写到这里，我想岔开来一点儿。昆曲之在金陵，庙堂经典的自不用说，省昆自有担当与传承。现代性的创造部分，最了不起和富有勇气的部分，前面也写了几句。还想岔开来延写几句的，是金陵城里极为活跃的昆曲会：虽算是消闲性质的同好聚会，其专精程度却极高，且有着很丰盛的溢出与延展。

我参加的次数不多，大约2007年在云上，2015年在愚意坊，一共两次。但“不正式”的有很多次——远程围观的方式。主办者罗拉拉女士勤于记录且长于记录，从博客一路到微信，有图有文有录像，兼音兼形兼细节。从受众统计的角度来讲，像我这样“不在场”的大多数，或也应计算之内。

由曲会起，我特别地喜欢上昆笛，可能也跟女儿习笛有一定关系。昆笛之沉静、悠远，哀而不伤，尤其在曲会这样“简约丰美”的形式中，大有“主脑”之感。尤其喜欢笛师的表情与身姿。其不表之情、不舞之动，有时比台上那些正在演做的妙人们更加地吸引我。笛师席常设于偏角处，那里的光线不足或多重复合，由此形成的身影也颇含糊，难以辨清。这些，都极符合我对于美好事物的定义与期待。女儿曾有个心愿是随王建农师习笛，我觉得，她需要做极长期、极长期的准备：技术上、年纪上与心境上的。

前面说到“简约丰美”，为什么这样说曲会。其实只是个脱口而出的感受，并没有很恰切的阐释，但到过现场或“远程围观”者或也可心领神会。曲会的表演者一般并不上大妆，衣装也多着日常，从色形欣赏的角度来看，算是从简，可是“简”得有好处：音容的部分就突出来了。音可以理解，不赘。容的部分怎讲？戏剧舞台为何画脸谱、分行当，我以外行胡乱揣想，其中有一个原因，是“容”基本看不真切，角色的暴怒、受打击、大绝望或心如灰，都是要靠程式化的外部肢体动作来呈现。而演员吊眉朱唇粉脸油妆的扮相，似乎更侧重美学上的独立存在……但曲会里，倒可以细看到“容”的部分，七情六欲全部上脸了。这很有趣，新鲜，又有种陌生与疏离，还有点儿轻微但令人兴奋的不适应——比如，单雯的眼梢是与我们大家一样水平线的，施夏明的嗔怪是搞笑的，彭林刚的娇媚是发肤自带的。少年人的牛仔裤下面一双怪时髦的帆布鞋，一会儿勾脚，一会儿莲移，一会儿跑圆场。款扭腰肢时，所带动的衣褶是T恤衫、风衣裙与米色西洋围巾。好看吗？太好看了。简直比正片儿好看。这是讲简约。

丰美，其实还有奢侈的意思——尤指最近这一场，是南京东郊的紫金山里头的野场。估计忆及这一场的观众会很多。我没有去，也没有资格讲。只讲一句，我在网上看到照片，有点儿汗毛起立，心里好一阵澎湃，有种生逢其时，乃至“历史中人”之感——如果可以让我用这个大词的话。好像这山中一幕，是轻轻又重重的一个点，接继古往，更连通来日。非常的风格化，又仿佛是水到渠成，是超自觉的，是兼具了现实、浪漫、理想主义之后的自然主义与现代主义——瞧我堆得太多了吧，可是你可以挨个儿“主义”地去想一想，确实都可以生动、确切和感人地成立。因此我真的太高兴了，旁观与远程的高兴，比彼时彼地的台上台下，有差别，或也不差太多——都是对生活中美与哀伤的无限感激。

（2017年）

写作：孤清地写，喧嚣地作

是啊，如大家通常所熟知的，写作者都是灵感的仆人，大部分作品的萌发与诞生（除了那些极其老练但显然也缺乏灵魂汁液的技术主义产物）皆受制于灵感天使那既短暂又不忠的偶尔拍翅临幸——动笔之前，像仰望干燥天际的庄稼人，我们处于干巴巴空荡荡的焦虑期，动笔开写之后，又会苦于表达的艰涩与陈旧，在期望值与完成度之间左奔右跑，在野心勃勃的沸腾与不自信的冰雪之中，掘地三尺地写，自抛自弃地删，西西弗般地往山顶推动着石块，小幅攀爬大幅滑落，亦悲亦喜亦有小飞升……冬阳暖和，秋月残缺，春花吐蕊，夏水如逝，不问猴年还是马月，四季简直像是一模一样地过去了，终于有那么一天，算是初稿写完，但仍得提着气儿，脸不能洗，衣不敢换，大门更绝对不能迈，因为接下来将会是若干、若干次的修改，尤其是长篇，这样的过程，像把一条大鱼在盘子里翻身，既要彻底、坚决、连头带尾，又不能破了皮相、撒了汤水……好了，如果没有中途夭亡自挂东南枝，那在这一切结束之后，所谓的大作算是就此降临人间了。

以为就此可以长吁一口浊气，可以抱着电脑跳几圈轻浮的舞步，可以像路遥那样把半截子秃笔永远地扔出窗外吗？不然，大不然。

我们是历史久远的手工写作者没错，多少还有点儿哀矜与傲骨，多少也自知这行业的古老定律：心比天高命比地低，并没有谁当真指望大红大紫、一战功成，天下谁人不识君。但是，怎么讲呢，时转命乖，偏偏就躬逢这以“点击量”为最硬货币的新传播盛世，写作者包括别的艺术家，似乎多少都被浸染上了要么红要么死的无情虚荣感，有才华或不那么有才华的，都会痴想着被点赞被转发被头条被“爱豆”然后大卖然后……虽然不知道然后还能有什么，但总而言之，作为写作者，丰饶又艰难的时刻，在大作写成之后，这才真正到来了。

毕竟，你这“大作”既然捧将出来，也就不再是你一个人的了，四面八方的手一齐伸来帮你提——嗯，好事啊，你准会这样想。不过，你也该多少懂点力学，受力越多，摩擦力可能也越……

就比如，书名。是的，自命不凡的写作者当然自己早就取好了书名，并且也是想破了大头，自以为绝倒古今的，可是这最多只能算个小名儿，真正要到出版社那里上户口了，产生分歧的概率真是相当之大。嗯，写作者的审美总是太深刻又太内向了，这当然很有个性，出版方自然也很是欣赏，可是，书名嘛，真的不能闷。“咱们得再想想！肯定有更好的！”尽管作家本人带着火箭般的热忱，急于把这热乎乎的作品给发射出去，但必须像娃娃认字一样，惊讶又惭愧地领教到一大套关于营销策略、传播心理学、读者口味、大数据分析等似是而非的洗礼，若干的商榷之后，十几个名字，像徒手抛球一样在半空轮番滚动，写作者终于疲倦地掩面放手：你们讲得也有道理，那就……

我有部长篇，原叫《家书》，因里头有大量书信体，又因主题也是与家庭单元的伦理变迁有关，自觉还算恰如其分吧。可出版方啧啧叹息了：这真的太陈旧了！多次拉锯之后，终以《此情无法投递》出版，也不是说后者有多么不好，只是，内心深处，就像个乡下母亲，我总还是愿意拿小名儿唤自己的孩子。

长篇《六人晚餐》刚出来时，这书名谁都说不好，因为比较像悬疑，像男女相亲，像外国流行小说，众人纷纷提建议：索性改成《晚餐》吧，更有力量不是吗？或者改成《最后的晚餐》！《黑白晚餐》！最终大家都累了，保持原名。结果——我在超市碰到一位很久不见的人，对方老远指着我大喊：《六人餐桌》！她眼睛闪动着因为记住这书名的自豪。“嗯，六人……”我感激地附和着，毕竟，此前，还有人记成了《六人晚饭》，有人替我加了一副餐具，变成《七人晚餐》。不一而足，我都笑眯眯挺开心，这总归是我原来就想叫的书名呀。

同样的微型闹剧在每个写作者身上都在不断上演。韩东有部长篇，在《收获》原发时，叫《欢乐而隐秘》，我觉得这名字真的很好啊，不知怎样流变，到出版时已成了《爱与生》，说宏大也宏大，说含混也含混，说容易泯然，也真是容易泯然。梁鸿的第二本非虚构，顺着第一本《中国在梁庄》，本想叫《梁庄在中国》，出版方和梁鸿大概都感到有点儿苦恼，是啊，当人们谈起这两本书，得先定神捋一捋舌头，然后像讲绕口令。记得那几个月，梁鸿发过来的可选书名，有七八个之多。后来还是李敬泽老师替她一锤子定音，敲出个《出梁庄记》。到了她今年的第一本虚构《梁光正的光》，据说书名也是纠结日久。后来我看到书评人杨早的一个调侃，笑死了。他在微信上贴了两本书《梁光正的光》《无底洞的底》，“你俩一定在逗我，难道现在的读者连这俩字儿都不认识了吗？”

这里的故事太多了，讲不完。说来也是以搬弄文字为生，但作家本人到这个时候，大脑像是缺氧似的，会觍着脸到处做统计学与田野调查，迷信地去问诗人，问智者，问小儿，问过路的，问时髦人，问老实人，问老母亲，万一呢，万一对方那无意之说，正是“深刻、审美与商业”的完美结合呢？我的《奔月》，这名字是在散步时突然想到的，虽有神话熟典在前，考虑到我的主题与意旨所在，还挺满意，但问遍上述众“数据与信息采集方”，除了批评家何平，余者基本就没有赞同的。我于是也开始惶然了，到出版前两个月，都一直在与责编赵萍微信往来不已，劳苦而低效地寻寻觅觅，有俗到《千里之外》《阑珊处》的，也有冷到《不在》《空翻》的，包括诗人雷平阳也多有贡献。二十多个书名反复PK，最终又回到了起点：《奔月》。我不知道这是不是最好，但就像所有那些上了户口的名字，到最后就成了大名学名，越叫越熟，也越长越像了，好比张三天生就该叫张三，李四确乎也该是李四。

书名定了之后，接下来是封面设计。这一步就好比给孩子穿出门衣裳，既要得体，又要大气，还要赶得上时髦，如果能出位，给人以闪电般的惊艳，那则更好不过。其中的震惊与妥协，瑰丽的假想与平庸的现实，更是好大一笔官司……哪怕已到了N+1的最后一稿，作家们还会在屏幕上放大又缩小、拉近又推远地喃喃自语，“这很抢眼？显得特别牛吗？”其满腹犹疑、难以满足之状，实也堪怜。想想人家《红楼梦》，封皮上光写三个字足够。再或者说，假若这本书真是美人胎子，那就是裹上破麻袋也会在汪洋书海中耀眼夺目的。最有趣的莫过于，最后所折腾出来的封面，往往就是个“所见即所得”的大写实主义。我老是记得，路内的《云中人》，封面上就是一朵云里有个人；曹寇的《屋顶上的一棵树》，就真的是屋顶上有棵树。《六人晚餐》也这样，桌上一堆吃的，再加六副碗筷。《奔月》这次很好，没有真的画上一轮月亮，而把力气都省出来对付“奔月”那两个手写字了，最后是用烟灰一点点堆出来“复合效果”，为此，不抽烟的女设计师不得不白白点了好多支烟，以收集足够多的烟灰……

现在也有很多封面直接取自照片、画作。我以前有本书《九种忧伤》，虽然取名之役中我败下阵来，成了文艺腔的现名，但封面我很中意：一位眼神抽离的少年肖像，美编又很有手腕地对这个肖像进行了切割与重组。责编王二若雅骄傲地抱怨：这张照片，她是在电脑上勾头看了足有上万张照片才发现的。据说《梁光正的光》封面油画大抵也是这样的众里寻它千百度，最终众人一条声通过：就是它了。阿乙的《早上九点叫醒我》则是他的一位书迷兼插画师为他这部长篇量身手绘的，酷烈暗黑诡异，与阿乙的文本在气质上有内在呼应，我很喜欢，但估计可能会对一些小白兔读者构成视觉挑战。

嗯，就算书名和封面大图全都搞定，以为这就结束了吗？哼，更要命的或者说真正尴尬的部分到了：书腰。我想书腰应当有个人人皆知的诨名，叫“吹牛”。但大家对书腰重视到那样神经质的程度，好像这里不来上一道的话，整个书封大概就会像裤子一样地掉下来了。为了体面或体面的反义词，于是都束腰，腰上还要堆金砌玉、描红涂白，多么惊动天地的大词都可以放上去，反正你写得再认真也没人当真，你写得再胡闹也没人告你，同时还会拉上几位大人物来“联袂举荐”，就好像保人一样：喏，看在我们几个的面子上……曾听说个未经确证的笑话，梁文道不是经常被人拉着站腰封嘛，许多情况他并不知情，有次也是来气了，打电话去出版社问，对方慢悠悠几乎十分诚恳地回答：毕竟，又不是只有您一个人叫梁文道……

不过，出版社又以为读者是什么人呢，都老练得很了，大多勘破世事地一笑而过，脾气差点儿则视书腰为污目，恨不得到手就扔了。作家和责编及整个宣发团队，花了多少心思在书腰上啊，托了多少中间人来勾连推荐人，并老脸皮厚地印上那些推荐语啊，最后大抵都是落花流水也哉！确实也够喜剧的。今年我出了三本书，一本《六人晚餐》，因电影上线之故重印，那个书腰，累赘堆砌之至，绝对不好意思送朋友。到《荷尔蒙夜谈》，有书腰但没有推荐人，假装比较自信的样子。到《奔月》，索性就没了书腰——也不是特意如此，是我与出版社最后都假装忘掉书腰这件事了，谁也没吱声：实在太麻烦了。

好，我们假定上述环节一切都非常之顺利，作家终于坐在家里，神闲气定地开始等着新书下厂，并等着读者蜂拥而至业界好评如云。不，哈哈，可远着呢，现在你要做的是：锻炼身体。这是人文社赵萍会对她的作者半开玩笑半当真的提醒。因为，漫长的旅程伴随着复杂的风景，下面将是既需体力，又需耐力，更需要自我催眠与自我续航能力的所谓新书宣传期。我在微信上也自黑过，作家的状态，大约是三种：灵感枯竭面色青黄的空窗期，蓬头垢面时日不辨的写作期，脸面不顾四处叭叭的宣发期。

到这时你就会知道，原来所谓写作，就是不仅仅要会“写”，还要相当地会“作”。媒体群访、嘉宾对谈、网络直播、校园演讲、书店签售这都算是老土的招数了，在所有从业者的推波助澜下，而今已进入花式发布阶段了。演艺咖跨界别的，跨国度连线的，真人与虚拟的，一路奔跑一路直播的，演成短话剧的，双语朗诵的，谱上曲打上牙板唱成曲儿，等等，用业内的术语表示，这些才能“带流量”！并且，起码还得在全国撒丫子跑上十来个场次，如同游戏打通关，这才算是真的勇士。

而在上述任何一个场合、任何一个城市，你都得呈现出一种深刻且愁苦的姿态，坦承你花费了五年七年或干脆是前半生的所有心血，比之曹氏雪芹都有过之而无不及地

“披阅N载，增删N次”，最终才捧出这一部惊世之作。你得妙语连珠、旁征博引、横向纵向，从全人类全人性全学科全代际的不同角度其实差不多也就是那同一个角度去自我剖白……总之话题性与传播性必须得强，至于与文本的关系，咳咳咳，咱们台下有空再说吧。

而这种场合下的作家、嘉宾与主持人，像临时搭档演出，常常是相互耳闻但从未谋面的“网友”关系，于是乎，很可能前一分钟大家还在临时拉起的活动群里相互寒暄“久仰久仰”，后一分钟就在台上默契而笑地宛若多年知音，好在文学这样东西，倒也经得起随起随止、东拉西扯。然而——

在那些从生涩到熟练，到有点儿碎嘴子的相互阐释与自我阐释中，一边听着彼此的声音随着话筒与线路的放大在书店地面游动，在读者头顶与古老圣贤们的书籍上方回荡，内心深处，我真的是会产生一种“今夕何夕、此在何为”的喟叹，从前的写作者也这样吗，蒸个馒头捏个包子，还要出来叨咕那馒头为什么是实心而包子为什么有馅？就算是时代变了，风景变了，秩序变了，现在都时兴烘焙面包了，为什么我们就非得从厨房跑出来，围裙都还没来得及解下呢，就开始一二三四五地把几点起床发面、所用烤箱的年代、盐和糖和添加剂的比例都一一交代出来呢。而极有可能，最终的结果是，大家仅仅是在谈论这款面包的做工与尺寸，而没有多少食客真的去撕开面包尝尝滋味，谁有那耐心和胃口啊——嘿，真是世界上最可哀的面包师吧。

当然，我们还有一批“半专业”“半职业”化的知己：文化记者。他们对当下的写作状况与生态分野，应当有着更为多元却又懒得深谈的感受。某种意义上，他们是写作者的同盟军与战友。因此，不管他们是否来得及看过“您的大作”，也不管“作家老师”对相关话题是否有着振聋发聩的独到看法，从几乎是标准式的开头“请问您酝酿这部小说的灵感是从哪里来的”到结尾“请问您下一部大作方便透露一下吗”，双方总可以相当成功地把一场访谈做得有声有色、活泼又独家——会被问到许多与新作相关的问题，这很好，作家们幻想这会有助于销量和声名，虽然实际上总是回答得雷同又乏味，差不多像复读机在按播放键；当然也会被问到一些轻松但实际上更令人抓挠的问题：主人公身上有你个人的经历或投射吗？如何看待影视权改编？你每天花多少时间来刷朋友圈？你如何看待当下的长篇出版热潮，据说一年要出版数千部——看起来我们这些家伙真是太不懂事了，还在这么没有眼色、日以继夜地写着长篇……

这样一番你推我挡的问答之时，其实采访者和被访者，都能够从对方的眼睛深处，看到某些同样的疲倦与重复感。记得有一次，由于赶版面，与某位记者一直谈到午夜十一点半，在关于《奔月》的“逃离”主题终于谈到足够“做文章”的体量，大家都松了一口气，然后开始闲聊。她开始吐槽她这两个星期参加了多少场新书发布会，看到多少极为资深的熟面孔，提问、鼓掌、递话筒、签名、合影。她所踏进的每一个场所，都仿佛是另一个场所的翻版再现，乃至让她恨不能抱头鼠窜、逃之夭夭——这就是我们当下的写作现场吗？我不禁与她相视苦笑。

到目前为止，我是故意用了有点儿戏谑与自黑的语调，但这会儿我要正一下面孔了——

我和我的同行们，自然，在内心深处，总是记得那类似高端训诫的精神自持守则：述而不作、藏之名山、淡泊无求，等等，并且也都在自我期许着，某一天，我们可以像塞林格或哈珀·李那样，能够真正唾弃和避开这一切，能够非常任性地超越掉这些起印数与销售量、点击转发率、排行榜单、专访与研讨、年度小说、获奖作家等，成为一个至为纯净和本真的写作者；但另一方面，对上述的这一切动作，被动的也好，主动的也好，出于对商业合同的约定也好，对文学名声的坦荡追求也好，还是因为在全世界范围内都被如此定义的更具“职业精神”的作家本分也好，就像本雅明老早就指出的那样：作为生产者的作者。不管怎么说吧，我们一个个也都在相当投入认真，带着矛盾又惭愧的心境地做着。

就我而言，我大致是在用这个道理来说服自己的：小说，在起点，在我的书房和电脑里，它是纯粹和自由的存在；在终点，到了某间书房或某人的阅读里，也是纯粹和自由的存在。都可以认为它是精神的、灵魂的，至为纯粹无为的。但在移动和流传的过程中，它则兼为商品，且兼具商品的一切非文学属性。这些属性，可能会对文本、写作和作家有所折损或附丽，但倘若没有这个过程，我可能都无法抵达你——作家与读者，我们都是在迷雾之中互相寻找、苦苦不得、极易错过的彼此，必须有一方，比如我们，就得发出不够矜持更谈不上优雅的主动呼叫：嗯，看下这里，我，写了这样一本书。

但归根结底，这只是一个过程，并且也只是过程本身。它不代表真正的结果所在。闹腾、虚荣如杜鲁门·卡波特或V. S.奈保尔的，无损其伟大；清寡、沉闷如舒尔茨或卡夫卡的，仍旧会更伟大地留下。

辑四　肉身

器官：耳语与旁白

所有的器官，在它们安然无恙的时候，你对它们一无所觉。而一旦，它们开始发炎了、生病了，你才会意识到，哦，原来我有个歪梨状的胃，有红红的扁桃体，有不断分泌着蛋白质的眼球晶体，有因为瘙痒而布满色斑简直像地图一样的皮肤。

——这有些像我们对待空气、气候和爱人的态度，当它们干干净净、舒舒服服的，你冷淡地呼吸着，生活着，挥霍着；亲人们在身边健康地走来走去，你很少仔细端详他们的表情，并会因为他们小小的过失而抱怨不止……而当那一天来临，污浊围裹，风尘袭面，亲人离去，你就是流尽世上所有的泪又怎么样。你已永远失去。

人类在心理上的后知后觉是终身的、宿命的：对拥有的一切，他们无知无觉，体验不到真正的价值。而只有失去，才意识到它或他对自己的全部意义。这是情感价值体系里令人绝望的悖论。

或许，凭借着偶尔降临的感恩与智性，我们可以对正在工作着的器官们投以深情和激情，就像突然心血来潮亲吻起爱人熟睡中的手指。

舌

是的，我选择了这块常年不见天日的肉，或许也是最不起眼的一块肉，却又如此柔软，富有奇妙的伸缩性。它湿漉漉的，像永远深陷于一处没有水草的沼泽地。

在它的表面，像撒上了一层芝麻似的，长满颗粒状的小东西，人们把这些芝麻叫作味蕾。味蕾是世上最富有良知的美食家，每一样入口的东西，它都会在瞬间得出诚实的结论：鲜的或腐的，油哈气的，发了霉的，隔夜的，焦煳的。味蕾的诚实是为了平衡接下来的谎言，为了某些善意的原因或敷衍的习惯，我们的表情和声音与味蕾完全背道而驰：好吃极了！这是我最爱吃的菜！您可真有一手呀！

随着食物的入口，舌头现在开始搅拌起来了，像一架永不知疲倦的搅拌机，它沾着唾液与口水及一些汤汁，然后裹起菜叶与肉片们，卷起来，弯过去，送给两侧及深处的牙齿，经过一番咀嚼与磨研，再由它负责勤勉地往咽喉的深处推进……胃部在迫不及待的盼望中开始兴奋起来，愉快地通过扩张和收缩进行蠕动，分泌出带着小泡泡的酸液……

出于对滋补的迷信，对热量的需要，对刺激的需要，人们总是沉湎于那些放了太多香料与补品的汤，那些沸腾了太久的煲，那些红通通一片的高辣火锅……首先接受洗礼的当然是舌，它勇敢地伸出来，却在瞬间感到了迷失与眩晕——暴发户般混乱的搭配，被蒸汽与容器反复中和过的味道，毫无节制的辣与烫——舌头上的味蕾，曾经富有高超分辨力和生命力的味蕾，终于在瞬间变得枯黄，像被摧残过的草坪。但它们仍然麻木地继续机械的动作：伸出来，缩回去，沾上汁水，搅拌，推进；再伸出来，缩回去……

没有人想到过要体恤舌头。直到别的部位开始有反应，比如，腮帮子开始酸痛，牙齿开始吃力，胃部饱胀得像夏天的洪水，终于，他们意识到：吃不下了，饱了。

他们终于离开餐桌，带着微微发红的脸色，沉重的皮囊使得双腿有些凝滞，全身所有的器官似乎都渴望着一次短暂的放松或昏迷。也许，孤独的舌头例外——在味道复杂的口腔里，它这时正慢慢清醒过来，安静地进行着自我修复，如果需要，它甚至可以变得坚硬起来，带着肌肉般的力道，在牙缝边巡视，偶尔进行高难度的剔牙行动……这个时候，那些细小的芝麻般的味蕾们，又像顽强的小草一样，站了起来，并祈祷着在下一次的劳作中，能够有好运气品尝到拙朴的五谷、清雅的茶水、温良的土豆，或者其他类似的纯粹的食品。

勤劳、隐忍、低调，这些美德可能仅仅是舌头的一个方面，就像一个白天的淑女，而另一方面，我们可以知道，她有着艳情与放纵的潜质。好比是叶子的正反两面，正因为此，舌头成了人们最重要的性敏感区域之一。

在一些影像图片中，尤其是面部特写中，我们时常可以看见舌头尖子在牙齿间露出一点点。据生理和心理学家说，这是舌头最性感的造型——它欲说还休，它欲扬先抑，它蠢蠢欲动。因为，除了纯正的美味，舌头还有另一个众所周知的爱好：品尝别人的舌头。这一起源于法式湿吻的习惯，如今已流传到每一对男女的舌尖。

不过，好像此消彼长似的，当性感能力派上用场时，舌头的味觉功能就基本退却了。在亲吻中，当他们把舌头伸进对方的嘴里，与对方的舌头纠缠在一起，辗转反侧，流连不已，一瞬间天旋地转，红尘万丈，流年匆匆。而令人吃惊的是，一场心力交瘁的亲吻之后，却很少有人能够准确说出另一只舌头的味道，相反，他们更能记住的是对方的粗鲁与灵活，饱满与力度，以及抚过发梢的手掌。恋爱中的舌头，是个有些傻气的小姑娘，她根本忘了她是谁啦……

在亲吻之外，舌头还有很多的艳情时刻，而这似乎都离她本来的功用愈行愈远——

在一个谈话中，女人对男人说到地板的清洁，她随意地说到一个很常见的比方：干净得可以用舌头去舔。

那男人立刻条件反射般地调起了情：哦，您说得可真性感。

是啊，用舌头去舔，这是不用加注语和旁白的催情小景，是超越趣味与差异的原始语言。舔她的睫毛。舔他的耳垂。舔他的胸肌。舔她的小腹。没说的，舌头现在是完全的疯狂了，她压根忘了她曾有过的安静与朴素，微温的黏液在身体上留下淡淡的痕迹，并很快在空气中消失，正如，舌头的疯狂马上就要被其他的器官所取代，这可怜的小姑娘，在欲望的大戏里，她似乎只是个跑龙套的小角色。

哦，不，有人抗议起来，角色没有大小。您难道不承认舌头的迷人之处正在于它奇妙的弹性和丰富的变化性吗？甚至，它能弯成一个最精致最暧昧的小卷，里面夹着母亲或女人的乳头，只有它，能实现世上最纯真或最性感的吮吸，并对即将到来的高潮起到最为重要的点拨与催化之功。

脚

脚的一生，注定终生与地面为伍。在日复一日的起伏与奔波中，在屡试屡败的离弃与跳跃之后，在无力摆脱的永恒引力之下，它是永远匍匐在大地上的朝圣者。春夏秋冬、雪雨风霜，它都以最朴素、最原始的姿势紧紧贴着地面。

十个短小的趾头紧紧挨着，有些难看和局促似的，相互比赛般地保持着阴郁与沉默，像有着无尽的哀伤。

脚的哀伤是什么？也许是因为生活中的平庸与单调，它在绝望地渴望一种富有情节与色彩的生活，比如，像手那样，有机会穿过绸缎一样的头发，拍打婴儿肥而圆的小屁股，晃动树枝使果子掉下来，翻动略微有些粗糙的书页……手的世界丰富得超出想象，每一个动作似乎都可以无限放大，加以想象，然后衍生出最离奇最曼妙的传奇……

而脚呢，它不得不永远待在缺少照明与空气的鞋子里，无穷无尽地奔波，它把人们带到这里，带到那里，它让眼睛看到令人忧愁的异乡黄昏，让耳朵听到孩子在旷野里的大声叫喊，让心脏因为与恋人重逢而无序地幸福跳动，可是，它呢，它没法分享到什么，它像一个没见过世面的乡下母亲，拙、沉默、隐忍。

最悲惨的也许莫过于这个时刻：旅途的夜晚，昏暗的灯光下，主人脱下鞋袜，脚，这时候的脚，却散发出令人不快的气味。灯光下，它看上去多么苍老，皱巴巴的，黏糊糊的，简直令人难堪。压抑积累了一天的疲劳也在这个时候爆发出来，前掌与脚后跟上的老茧像钉子似的发作起来，酸，疼，刺，胀。脚是在烟火弥漫后才倒下的战士，它在一整个白天的努力已超出极限。

最终，同样疲惫了一天的人们选择了一盆热气腾腾的水，把左脚与右脚泡了进去。

仙境在瞬间突至。

左脚与右脚，以及那十个短小的孩子，忽然觉得自己成了世上最幸福的器官。巨大的满足与惬意彻头彻尾地淹没了它，在乡下的木桶里，在廉价的塑料盆里，在苍白的浴缸里，紧张了一天的血管和肌肉们悄悄地哼哼唧唧着。我们的脚，现在，它终于舒服极了，它完全恢复了。如此奢华，如此简单，如此热烈，如此平静，它感到它已经进入了极乐世界。这是对孤独与劳苦的犒赏，是脚在无尽黑暗中的唯一念想。

在具有隐忍美德与良好耐力的同时，脚却同样存在另一个相当尖锐的弱点。它穿不了小鞋。它受不了夹板气。它对不适的忍耐程度低到不可思议。

要知道，这听上去可真有些娇气。一双鞋，比起另一双也许只是小那么一点点，连最精明的眼睛都无法分辨，可是，一上脚，走两步，脚就发现了，它说它不舒服，挤得慌，如果你有意地忽略了，不理会，那瞧着吧，也许只要小半天，它就还以颜色，开始长泡了，疼得像美人鱼第一次用脚走在岸边……结果是，人们喜欢拿脚来比喻一种心理感受，那是一个妇孺皆知的比方：婚姻像鞋，合适与否，只有脚知道。

具有迷人弧度的鞋尖、修长的后跟——假象之一，里面包裹的也许是一排红肿的脚趾与难看的鸡眼；温顺能干的主妇，一家三口在灯下晚餐——假象之二，窗帘背后是亲人间的隔膜与猜疑，不足为外人道的伤痛与绝望。脚，像个说破真相的孩子那样，大声地毫不含糊地告诉你：舒适与美感的矛盾，幸福生活的谎言，庸常表情背后的曲折和失意。

我认识一个修脚的老师傅。有一次他向我表达他对脚的看法，说得琐屑而零乱。大意就是：脚，也会间接地揭露一个人的状态与历史。

他用女人来作为例子，因为女人对身体的关照具有典型性。脸、手、脖子、胸部、肩膀、胳膊、皮肤，凡是能够给美感和性感加分的部位，她们都会想方设法竭尽美化之能事，阻挡时光的雕刻。但是，修脚师傅说，有很多女人忽略了脚，或者说，她们放弃了脚。脚底板上的厚茧子，不小心落下的伤疤，深嵌入肉的脚指甲盖，被太紧的鞋带所勒出的印痕，长期积淀下的污垢。这像是活色生香彩照之下的一张黑白底片，是无法屏蔽的知情耳语。曾经像婴儿那样白皙、柔软的脚在岁月中消逝了。在流转的灼灼日月中，它成了你所经历过的见证与记忆。

一些开始讲究生活质量的人终于开始把无所事事的目光转移到脚上，带着怜悯与醒悟的意思。而那些灯红酒绿一直闪烁到凌晨的洗浴业也在拼命鼓吹着脚穴与全身各条经脉的对应关系。于是，越来越多的脚开始被不恰当地宠爱起来，被泡到散发浓郁草药味的热汤里，被扬州修脚老师傅们用精刀细细地侍奉起来，被一些年轻的女孩子虚情假意地揉捏起来，它们忽然成了座上宾，成了桌上菜，成了掌中花。

这是脚的美丽新世界，是共产主义，是虚妄的存在。是灯光下氤氲的水汽，是水汽里的弧形晕圈。

被修理得光滑无骨、被揉捏得昏昏乎乎的左脚与右脚，在女孩子们的俏笑与主人的绵软中，它们，却感到越来越重的惶惶不安，担心着自己会找不到回程的夜路。

在能够留下脚印的地方，脚往往又具有了通俗哲学的诉求意味。像动物重视自身的气味一样，人类对于自己的脚印也保持着一种天生而盲目的迷恋。即使是很少思考的人，看到雪地、沙漠、田埂或泥泞中的脚印，他也会若有所思地停下来，眯起眼睛，四顾茫然，像是催眠般地，他会或多或少地想到来路与去程，命运的玄机与偶然。

像鸟在天空扇动翅膀留下的气流——脚印，是他在大地上走过的唯一痕迹。人不可能第二次留下同一个印迹。脚印，像人生一样，像爱情一样，像宽容一样，是现时的，是即逝的，存在过，消逝掉。在另一个时刻，一切都变化了。

第二年的大雪在同一个地方落下了，他穿上去年的靴子走上去，咯吱咯吱。咯吱咯吱。似曾相识的声音。但靴子的印痕变浅了，他的腿有些僵硬，脚印一会儿深一会儿浅，无限的惆怅似乎使他失去了重心——去年走在身边的人，今年离去了，她到哪里去了呢？她的脚印留在世上的哪个角落呢？

毛发

毛发的表现力和丰富性超出其他所有的身体构成。

头发、胡须、眉毛、睫毛、耳毛、胸毛、鼻毛、腋毛、阴毛、汗毛。或荣耀，或猥琐，它们无处不在。像择地而生的韭菜一样，像永不枯萎的野草一样。郁郁葱葱，丰美润泽，令人浮想联翩。

事实上，在一开始，毛发是老实的，像是胃或者肠之类，它本身并不带有任何耻辱或荣耀的势利性，而是实用哲学的典型附庸者——眼睫毛、鼻毛与耳毛，为了防止风沙入侵；腋毛，放大毛孔以便于汗液的排出；头发，给脆弱的头皮铺上一层软毡；胡须，对面孔的掩护与强化，增加与兽类对峙时的力量和气势。

但初衷必定会与结果背道而驰。人类在成长的同时，也开始滋生羞耻心、审美趣味、公共道德等说不上是好还是坏的东西。毛发的原始功能很快被人类抛弃，人们在找到其他代用品的同时，把毛发迅速地分成两个极端的归类：雅与不雅。我们的毛发，从远古走到现代，像是一群在成年后失散到不同国度的兄弟，因为气候、地理、历史等形而上的背景而遭际了不同的命运。

那些雅致的部分，不仅可以被公开地谈论、赞美、亲吻，乃至可以入诗入歌。白发三千丈。美人卷珠帘，深坐颦蛾眉。穿过你的黑发的我的手。画眉深浅入时无。

弯翘得像处女一样的睫毛，每眨一下眼都像从心尖上拂过。滑得挂不住梳子的长发，它们水银般泻在枕上。刚刚刮过的胡茬，散发着肥皂味儿。肌肉上的胸毛，从敞开的白衬衫中显出冰山一角。等等。这些抛头露面的毛发们成了宠儿似的，被不断地修、拔、剪、染、烫、吹、卷、接，以此不断地增加它们在性感上的比重。于是，跟这部分毛发有关的延伸服务成了一个产业、一门艺术、一门心理学、一支宗教。仅仅是头发的颜色、眉毛上挑的程度，或许就会决定某人在某一瞬间的命运，爱情的降临与消失。

而另一部分，那不雅的一类，比如腋毛，则成了社交场合里的公共敌人，人们不得不忍受着疼痛使用各种化学或物理的手段去之除之，然后自欺欺人地，以一角鸡蛋白般的胳肢窝高调地亮相。其他的那些，哎呀，不提也罢，诸如阴毛，那真是太下流太龌龊了，大家都装着不知道、不存在，人们彬彬有礼地相遇、寒暄，好像从来不记得祖先们曾经仅以毛发遮身，在泥泞中赤裸相见。

我在地铁上看见一个捏着只小包的老年男人，他有着引人注目的白头发。一望便知是外地人，不确定的表情，暗中绷着的肢体，迟疑着半张的嘴唇，无疑，他不能适应此刻的环境。他处在一种紧张之中。紧张的人看上去就显得弱小了，幼稚了，可怜了。他跟他的白发之间出现了某种不谐与落差。

而白发的那种白，其实是一种占有与资历，告诉人们他在故乡里应有的沉着与熟稔。可是他为什么会坐在这里，在一堆戴着耳塞、表情冷淡的红男绿女中，使得白发成了一种刺眼的背景？我悄悄地从人群中看他，看那凌乱的短促的白发，替几十年后的人生感到寒冷与孤单。

也许在大多数时候，现世中的白发都给人一种亲切与凄凉之感。理论中的慈祥与权威，似乎只有在广告里那些面露幸福假笑的样板老人身上才能看到。发如雪，他已记不起童年的玩伴；发如雪，假牙成了他唯一的伴侣；发如雪，他正在走向蒿草飘摇的坟墓。

但富有戏剧性的是，如果给白发配上一大把同样雪白丰盛的胡子，这样的老年忽然就可以安心入画了，甚至具有了某种肤浅的喜剧性。他可以去做贺卡上的圣诞老人，寿图上的南海寿星。他可以永远保持笑容，人们不会因为这众所周知的虚伪去有所责难，因人人皆知那是不可能的老年。

当然，我们不得不注意到那些跟年龄没有因果关系的白发。因为偾张的激怒，巨大的哀愁与伤痛，在一个无眠的寒夜之后，伴随着血色的双眼，某人的头发与胡须会突然呈现出令旁观者不忍直视的白，宛若神迹降临，枝头湿漉漉的黑色花朵，灰尘中显现出的隐约红字。

——在黑沉沉的寒夜里，他把他自己的头发染白了。还有比这更酷烈更绚烂的白发吗？

剪了、剃了、刮了、染了、烫了，过后，毛发们终究还会顽固地呈现出本来的色彩与形态。毛发在骨子里有些我行我素的气质，以柔克刚的作风，暗流涌动的激情。

最为凄厉的场景也许应当是在生命的最后一瞬，当呼吸停止，灵魂出壳，而毛发们，却迎来了它们最后的盛宴，歇斯底里般的狂欢——它们无声而又欢畅地从尸体的皮肤中钻出。苍白的容颜上，曾被修得弯而长的眉形边，冒出了原来的黑点。无法完全合拢、因而失去尊严的嘴唇边，胡须们像世上最微型的士兵一样，富有规律地排列着。更惊人的是头发，在死亡来临之后，它们竟又呼啸着长了一寸之巨，刺刺啦啦地披散着，向人世作一个深情而狰狞的告别。

——这样的场景也许不应当描写得如此详尽，但这正是毛发们的与众不同之处，它软弱之极、轻飘之极、丑陋之极、性感之极，却又如此地富有刚烈与决绝的意味。我们在初出生时曾经光滑得像一枚鸡蛋，但在远行时，却最终被覆盖了最为茂盛的毛发，这是生命中的最后一面旗帜，是毛发代表我们留给尘世的永别之吻。

胃

如果用职业来打比方，胃也许要算个艺术家，它的神经质、情绪化非其他器官可比。一旦激动起来，受了刺激，有了压力，它就会发炎、会痉挛，叫神经性胃炎。同时，它还那么敏感、娇弱——人若是太瘦，没了依靠，它会下垂；若是吃得没规律，它会功能紊乱；吃得太重太杂，烫着了辣着了，它又会溃疡……总之，它简直就像个很难侍候的小文人，弄不好它就不阴不阳地疼痛起来，不那么厉害，但总哼哼唧唧的，你非得注意着点哄着它才是……

可真要说起来，胃又是顶务实、能打硬仗的一个器官，不论碰到婚丧嫁娶，凡是需要表达某种情绪，研讨某一话题，想见个谁、想送个谁，庆祝什么或哀悼什么，等等，总之，但凡有个事儿，胃就是第一个受惠者或受害者。它会一下子被塞入过多的美食与美酒。酒囊饭袋。沉重的肉身。胃不得不附庸着这恶俗的世风，撑得像个被打过激素的超级茄子。对了，还有最要命的酒，那粮食的变种，谷物的异形，在喧嚣的酒席上，酒像自来水一样在人们的手中哗哗地流淌着，毒药一样地，人们仰着脖子把它们倒进胃里，在大脑迷糊之前，胃首先糊涂了，它醉的呀，都咯咯笑起来，于是更加大胆地海吃胡塞，完全忘了正在前方等着它的胀、酸、痛、痉挛……或许，在文人般的神经质背后，胃还有一些英雄主义的潜质。它注定得冲锋陷阵，死而后已。像现世里那些独树一帜的艺术者。

很多人都明白胃与爱的关系——如果要让一个人爱上一个人，那么，你就先宠爱好他的胃（当然，这话主要是针对女人，反之可能并不成立，因为——男人的主攻方向应当是信用卡上的数字）。就好比是丘比特之箭，要射中的千万不能是心，而应当是胃或信用卡。要知道，心这个东西，实在太不可捉摸了，是无法控制、没有道理可讲的，心肝宝贝爱死了是它，铁石心肠绝情了也是它。倒还不如一下子把胃给搞定。

相比之下，胃，多敦厚多老实呢，挑个应景的地方，来一锅美美的高汤，炒两样精致的小菜，放一支应景的曲子，打开应景的灯光，说些更加应景的话，果然，爱神它就中招了，莫名其妙地，就屈尊降临了，它像个黄豆大小的小神仙一样，首先在胃里找了个角落呆了下来——胃，现在是全身最舒服最感恩的地方，那种恰到好处的饱，像被窝里的暖，缓慢而均匀地向全身辐射开去，手掌、脚心、额头及后背开始感到温热，双眼微醺，四肢放松，血液欢悦奔流，并出现了一些意象和心理上的幻觉……

故乡，童年，子宫。安详，家常，世故。温柔敦厚，天长日久，岁月静好。

然后，这一切的感受与信号才分别向最中心地带的心脏输送过去，身体里最关键的那个部分——心——终于开始软化了，以为找到了这辈子的归宿。软绵绵的情话像饭后甜点似的被端上来，海誓山盟说起来那样轻轻巧巧，甚至还会出现一些俗套的钻石求婚场景……灯光下，他们像最幸福的人那样对视着微笑起来，丝毫意识不到这只是胃部饱胀之后的满足感所映射出的短暂幻觉。

人类的胃，它的记忆与经历，或许永远都在磨难与健忘、假象与自我欺骗之中打着螺旋式的圈圈。从生吃活啖到煎烤炖炸，从茹毛饮血到满汉全席，地球上所有能吃的东西，都经过了弱酸性胃液的浸泡与消化，为了填补这深不见底的无底洞，人们不得不想办法把转基因食品送到火星上去开辟一个星球化大农场……

不过，对中国人的胃来说，能源枯竭后的食品短缺也许并不那么可怕。在古代史、近代史以及现当代史上，要么是兵荒马乱，要么是天灾人祸，国人的胃已经先期进行了无数挑战极限的演练，树皮、草根、棉絮、麻绳、布头、鞋帮，以及邻人的孩子，无不一一进入可食领域。胃对命运的控制、对人性的践踏远远超出想象——因为胃的需求，女可卖，娘可送，做走狗做奴才都趋之若鹜。而那些功能更为强大、生命力更强的胃，或许就意味着可以再保持一段苟延残喘的小命——胃的能力与地位，或许在那些年代曾达到过辉煌的顶峰。

在胃的记忆里，出现过不少人物，有一些甚至被人们谈论至今。比如，伯夷与叔齐。杨靖宇将军。朱自清先生。迂腐。尊严。气节。到了他们身上，胃成了一种气质，成了人性的注脚，成了打在历史脸上的耳光。

惜乎，纵向的岁月很快就被人们在欢快的时光中遗忘，或许，人们更急于拓宽胃在横向视野上的作为。胃，在一些人群身上，开始成了职业化的工具，比如，美食家、评酒师、厨师，或许可以尝试着想象一下他们的胃吧，混乱与精致，讲究与粗俗，在胃部全都集中起来，对实用性和想象力进行粗暴地糅合，然后得出一些似是而非的结论……甚至，为了博得那些无所事事的人们的一笑，一些地方每年都会举行“大胃王”比赛……胃，在这样的时代，忽而荣华尊贵，忽而饱受践踏，真不知在身体深处，它是该仰天大笑还是怆然泪下。

不过，要说起胃最愉快的体验，我更愿意把票投给一个母亲、家庭主妇。在亲人们围坐的餐桌上，谁都没耐心收拾的鱼头，因为疏忽而有些咸了的菜，被扔到一边的鸭蛋白，孩子吃不下的两口饭，最后的半碗汤，等等，最后，它们都被主妇的胃宽容地接纳并收留了，主妇一边吃着，一边自嘲自己的胃像是个“破橱柜”，可是，有谁知道那些食物的感激之情吗？在母亲的胃里，它们重新聚集在一起，被重视，被认真地分解为蛋白质与维生素。物归其所，主妇的胃，当是食物们的温暖天堂，感激的胃酸像纯净的泪水那样被旺盛地分泌出来——向母亲们致敬，祝母亲们健康，永远可以这样为亲人们烧出热气腾腾的晚餐。

脸

如果真能偷来浮生半日闲，我愿意把这半天用来站在地铁站口，看来来往往陌生人群的脸。人类的脸，这世上最吸引我的风景。

就我有限的经验，在视觉范围内，世上很少有东西能够跟人类的脸相比，服装、绘画、美食、建筑物、山水风光——总是可以想象、有一定尺度和边界的东西，一些聪明人甚至可以发掘到其中的规律乃至推而广之。可是脸，世界上有多少人就有多少张脸呀，每一张脸都带着不可复制的往事与前尘，怪癖与细节，放弃与占有……如此浩渺深邃、无边无际，简直令人绝望——因为它的无限可能性，我愿意毫无保留地对它表示臣服，我愿意用一辈子的时间，沉湎其中，迷失其中，像走进狂怒的风暴。

站在地铁车站出口的侧面，像是面对一个巨大的中央舞台，光线是散乱不确定的，在市声的包围中，乱糟糟的街景像幕布一样永不拉上。没有主角也没有龙套，他们第一次走来，也是最后一次走来。那些陌生而世俗的脸呀，在沉默中渐次登场。嘴角的皱纹里布满昨夜的倦色，树枝间洒落的阳光穿过儿时的胎记，几条街的灰尘覆盖了隐约存在的宽容与怜悯。肮脏而温情的空气中，他们一张张浮现，又怅然地一张张淡出。在短暂的瞬间，我与他们对视，然后，彼此从视线中消失，永远错过。

那些阴霾的天气，污染过度的大气，混沌的光线使得人们的面孔带着病中的阴郁与恹恹之色。或者是酷烈的夏阳，从头顶直射下来，眼窝处显得黑洞洞的，从某一角度看上去，面孔像是骷髅头，带着深不可测的忧戚。偶尔会有黄叶飘落，细小的虫子，或不合时宜的蝴蝶，这虚构的田园气息像荒诞的点缀，从拥挤的舞台上飞过，从缺乏柔情的面孔前飞过，他们依旧神色凝重，脚步匆匆，或者，更加匆匆，前仆后继地赶向下一个未知的路口。

面孔的迷人之处其实跟五官毫无关系，跟美丑、苍老或年轻，时尚或落伍都没有关系，面孔唯一打动人心的是：它具有表情。这是其他任何器官都缺乏的特质。整具庞大而粗俗的肉身，仅仅是因为有了这张富有表情的面孔，才具有了存在的意义。否则，那只是一堆肉，两只手，心脏或者指甲。

翻开报纸或进入网页，最先吸引视线的准会是照片，而在同时出现的一批照片里，我敢打赌，你一定会被特写的人类面孔所触动——拍摄者们现在喜欢“近些、近些、再近些”，用最无人性的角度把镜头逼到你的眼前：妇女的温良与无聊。士兵的粗暴与愚妄。政客的作秀与猥琐。贫民的拘谨与配合。重病者的乞怜与不舍。当红明星的盛气与虚弱。他们的面孔像子弹一样每天打进我的眼里，他们的表情是空气的湿度与温度，是被放大的射线，是正在无限繁殖下去的细菌。这城市、这国度、这世界，正因为有了一个个被放大和定格的面孔而具有了满腹沉重的心思。

或许正是出于对表情的追随与沉醉，我成了一个传统的影视爱好者，至少有三分之一的夜晚，我迟钝地逗留在闪动的屏幕前，与那些完全陌生的面孔们进行冷冰冰的约会。另一方面，由于同样的原因，对动画片、电玩、FLASH、虚拟偶像，我表现出了顽固的冷淡，我不能原谅那些人造的苍白面孔，它们没有微妙复杂的眼神，没有唇边的言外之意，没有绝望时肌肉的咬合与抽动。它们把人类独一无二的表情产品化了，符号化了。令人不安的是，越来越多的成人和孩子却从中得到了心理上的满足——人与人的交流在这个时代被压缩到最低点：纸质、模拟信号、数字信号、液晶显示、在线、无线。他们的眼睛日忙夜忙，日烦夜烦，却已经不肯或者不会再跟真实的面孔进行一次安静的赤裸直视。

面孔中有一些现象总会让我若有所思。比如，夫妻相，这是一个很世俗的说法，但的确有着令人信服的诸多例证。你的丈人与丈母娘，你所熟识的隔壁邻居，甚至快餐店里的一对小情侣，他们颧骨的线条，表达不快的方式，盯着某样东西的神情，形神兼备，像是一根藤上结出的两只瓜。你一定认为这是因为相爱的缘故，是心理的积极暗示使得五官开始发生趋同性的移位；或者浪漫地想象这是缘分的外在表现，为了便于人群中的互相辨认、不幸失散后的重新寻觅。

——不过真抱歉，原谅我并不喜欢这些说法，说实在的，我其实并不那么欣赏"夫妻相"，我认为那是对面孔的放弃和忽视。固然说人是环境的产物，但我不能接受人类像动物那样毫无保留地向环境妥协，你的气质、喜好、细节、癖好，都在不知不觉中被同化，变得模糊与温吞——你认为这就说明了你的温馨圆满，并且我还应当为此表示祝贺吗？

倒是另一种相像才具有岁月的真正意味。两个行走中的家人，长辈与他的孩子，那两张脸的相似才是生物遗传学的胜利战果——完全相同的眼珠和眉形，酷似的下巴，同一色泽的皮肤，被放大或缩小了的局部，可是，遗传学能抵得过无敌岁月吗？看看他们另一方面的巨大差异——

这个局促而另一个冷淡。这个紧张而另一个热烈。中年妇人的黄褐斑，女儿眼皮上的蓝色粉影。父亲头发上的老式蜡油，儿子耳朵上亮晶晶的饰物。老母亲无所事事浮肿起来的眼睑，她身边的中年男子却有着可疑的黑眼圈。

看着那个年长些的，那被岁月浸泡得没了质地的脸，我会善意地向另一个年轻些的脸上移过去，想象他（她）几十年前的纯真模样。反之也一样，看看那位饱满、亮闪，像新鲜水果一样的孩子或少女，我也会悲哀地叹一口气，为她（他）几十年后的枯萎与世故提前哀叹。

也许，这种对时光流逝、年华易老的哀叹是相当肤浅的，我们应当看到其中令人欣慰和满足的一面：有一天，当你离开尘世，这世上却仍然有一些面孔跟你有这样那样的关联，甚至是几百年之后，在你无法想象的场景里，一张与你一脉相承因而有几丝相似的嘴唇里，正在飞速地翻动着，吐出跟你毫无关系的字节——在某种意义上，你因此获得了寄生。当然，此刻的我们，也是所有祖先的寄生。人类，正是通过这种代代相衍的肉体连接来最大限度地克服对虚无的恐惧。

（2006年）

疾病解说者

静脉曲张

静脉曲张，不知为何，感到这个病名有着成语般的匀称与美，静、曲、张，字字充满中国哲学的内敛与玄机；而与此相对应的，却是其相当外化的表现形式，带着违背常情的触目与嚣张：患者的腿上，一根根静脉如树根须那样粗大暴突，蓝得发紫发红的血管像要把薄薄的皮肤给撑破了似的，患者开始走动，这些根须就动了起来，随着肌肉与皮肤一起游动，令人想到蚯蚓、蝗虫之类的动物，它们顽固地附着在皮肤上，在缓慢的旅程中上演微观的血腥与暴力。

顺着这两半截裸露着血管的腿往上看，会看到卷起的裤脚——劳力们似乎天生都有卷裤脚的习惯，他们的裤子一穿上身就是要卷起来的，这样才利落，便于做活计，或者，可以让裤子的使用寿命更长一点儿。翻起的裤脚暴露在空气中，跟它们的主人一起，在看不见天光的浓雾里被打湿，在睁不开眼的日头里被枯晒，在风沙扑面的深秋被裹挟，最终，裤脚的面料开始失去颜色，黑的成了青的，青的成了灰的。灰尘和皱褶、无穷无尽的白天和黑夜，这使得裤脚最终黯淡得像一双失神的眼睛，在主人腿上新增的偾张血管边显得不知所措。

然而，劳力们自己，他们对所谓的静脉曲张却毫不在意，对于静脉曲张给双腿带来的沉重、凝滞甚至习以为常，认为这是日子本身该有的滋味，再说，睡一觉就应当好了，烦它作甚？或者，他们都不知道这是一种疾病，更不用说这疾病所拥有的风雅名称了，对其最终会导致的血管破裂之虞更是闻所未闻。他们依旧长时间地站立，负重，受力，完全不注意保暖。

劳力者对身体的关注，各有轻重缓急。他们关心胃、牙齿，希望能吃好吃饱；关心肌肉与骨头，希望运作正常，不影响第二天的劳作；关心血液与元气，不愿意出现伤口，以免失血过多伤了元气。他们不关心头发，可以一个月不洗，半年不剪；不关心皮肤，哪怕裂了许多的口子，像被砍刀刻过的一般；不关心嗅觉与听觉，在令人窒息的气味中，在九十分贝以上的噪声里，他们照旧无动于衷地干活、吃喝、睡眠。他们瞧不上那些娇气的人，他们以能够忍受病痛为男人的原则和底线——更何况是小腿肚上的这几根紫红色的血管？

只有在晚上睡觉之前的短暂时刻，在昏暗的灯光下，在脱下沾满泥浆的裤子之后，他们瞌睡起来的眼睛会掠过这些有违常态的血管，他们用粗糙的手掌抚过，感到一些轻微的舒适，而巨大的困意转眼间排山倒海地来了，他们顾不上关心这种细枝末节了，他们倒头睡下。

而那些瘀滞了过多血液的静脉，因为主人体位的改变，也像奔流了一天的大河似的，真的安静下来，它们流到心脏，再流出来，潺潺着，像是无声的呜咽。

有些人，从他的体质和模样就会猜到他的身份和职业。比如，他，再典型不过。肥胖、双下巴。高血脂、脂肪肝。被酒精破坏了的胃。腰椎间盘突出、坐骨神经痛。浓重的烟味，厚重的眼袋。稀疏的头发。这是当今坐在小车里四处吃饭谈生意的老总们之一。在自家的浴缸里，他也对自己畸形的身体不忍目睹。

不过，像其他的成功人士一样，依靠着高档合体的服饰，每天两碗的东北老参汤，定期的发型护理，每周一次的腹部推油，足底按摩，香水、磨砂膏以及一些别的，最终他看上去很像样子了，很有气度，有些清高，好像生下来就是掉在蜜罐里养尊处优的，在公共场合，他很少轻易跟别人答话。

可是无意中，有人在身边提起了静脉曲张。

他的神情忽然就变得特别家常而琐屑了，他向说话的人靠过去：我也有静脉曲张呀……

说话的那些人都是短打扮，哪里肯信，有些好笑地看着他，好像听到处女宣布她有一个私生子似的。

真的。他捋起裤脚，高精纯棉的白袜子上面果然有那些大家都熟悉的丑陋血管。我从前在北边当过兵，值班站岗站出来的，穿得太少，不活动……后来，我又到轮船上待了一阵，在那里吃了不少苦……从那时起，我的血管就这样啦……这么多年，一直这样，在我腿上都二十多年了……

他没有意识到自己举动中的突兀与不谐，他显然陷入了某种回忆与感慨。这曲张的静脉里淌着他的过去。年轻，鲁莽，冲动，屈辱与荣光的记忆，血肉模糊的艰难时世。

说实话，现在全身上下，我处处都有毛病，我得费尽心思、想方设法去治疗，好歹咱要多活几年是不是？可是这个静脉曲张，我偏偏不管不问，其实开个小手术就可以疏通的事，我就是不去做，我就打算让它一直这么着，曲张着、难看着，最后一直陪着我到老死……

听话的人都显出难以理解的神情。这让他感到一点儿孤独，谁能体味到他对这静脉曲张的感情呢，这是身体的记忆，是苦难的馈赠，是他回望往昔的唯一标记。真的没有人相信吗？他爱死这腿上的几根静脉了——每次洗浴后的擦洗，每次临睡前的清醒，他都会在这里作短暂的逗留与流连，摸摸这些畸形的血管，往事飞快地掠过一两个片段，不知为何，他会得到莫大的宁静和满足。

肩周炎

一谈到职业病，肩周炎便成了最好的例症。伏案者。小白领。电脑操作人群。而职业，往往对人群起到分类的作用，高下，贵贱，贫富，都可以用职业来作标签，并且还可以由此推算到其人的教育、修养与素质等等。于是，作为职业病的典型代表，肩周炎似乎也成了疾病中最富有标签意味的病种之一。

在习惯中，疾病是一种隐私，因此有的人会为了病历的泄露而闹官司。但有一些例外，比如肩周炎，人们对此一般不保持沉默，即使不那么熟识的两个人，他们也愿意互相讨论，交换彼此的治疗方法与效果。他们几乎有些津津乐道地谈论着这个给他们带来痛苦与不便的疾病，僵硬的肩部带着淡淡的优越。

肩周炎患者，他们几乎有些喜欢这个称呼了，这表明他们是脑力劳动者，是劳心者，是知识分子，是精神食粮的创造者与供给者。他们是社会机制中最重要的摆设之一，是人类的精英，是时代发展的推动者。正是为了这个社会的进步，他们长期劳作，保持一个违反自然与天性的姿势，他们得不到休息，他们没有时间运动，甚至没有工夫甩甩胳膊转转脑袋。他们鞠躬尽瘁，先天下而忧，后天下而乐，他们成了肩周炎患者。这病，是百分百的工伤，是投入工作的见证者，是缺乏活力与童心的另一种注脚，是对扭曲后的身体所颁发的一枚变相的奖章，是这时代最为普遍的伪励志书。

他们在医院里向医生抱怨这毛病的种种不适，那抱怨有些理直气壮的意味，好像因为这个，他们对全世界间接地拥有了某种债权。为了更加生动地说明问题，他们在门诊室做出一些滑稽的动作，以此向医生表明其肌肉的僵硬程度……他们向上抬，向后弯，向后扭，这是类似于广播体操的动作，但最终均以无力的失败而告终，动作停留在一半，像被绳子突然扯住……

医生耐心地看着，表示足够的尊重和理解，因为这些患者具有相当的智力和品质，医生保持了值得称道的温和。最终，他在病历上写下人云亦云的方子，建议患者们做一些更为滑稽的动作。比如，往墙上爬。在地上爬。在空中弹指。在桌面上弹指。虚拟跳绳。等等。这些治疗方法其实是早有耳闻的，正经听医生这么一说，想想那样的情景，他们自己也笑了起来，有些半信不信的，连自己都没有了把握，不知道回去能否真的坚持去做。

或者，他来看医生，只是一种形式和心理上的需要，没有目的和结果。他心中自有一份清醒的戚戚：这肩周炎，这种酸与疼，牵扯与僵硬，将要如影随形于整个职业生涯，这是职场闹剧中的小悲剧，抑或是职场悲剧中的小闹剧。

盲人其实有一对好眼睛，只是跟别人生的不在一个地方。他们的长在手上。

第一次进入盲人按摩室，你，肩周炎患者，得忍受一次来自陌生人的全身打量。盲医师举起两只手，像抬起眼皮似的，仔仔细细地把你的上下抚摸了一通。这里停停，那里揉揉，接着，他坦诚地向你传达他的第一印象。

你的肌肉打结了。你听，咯噔，咯噔，这是肌肉结块了。酸液淤积，供血不足。你在毛孔张开的时候受过凉了。你的骨骼失去弹性了。你的穴位全都锈死了。喏，这里，是不是有些酸？这里呢，这样是不是舒服点儿？我把这个穴位打开了……

——他用着通俗兼专业的词汇，自信的声调，催眠般的暗示，熟稔而略带世故……

按摩室的温度比室外要高出许多，你有些昏昏欲睡，但盲医师的手让你没法悄悄地昏迷，他仍然在孜孜不倦地观察你，像要把你的身体翻个个儿，再扒开来，拆散了一件件看……你的脸陷在按摩椅上的洞里——这是比较少见的角度，你睁开眼睛，看到床单的皱褶，地板上的花纹，盲医师脚上的鞋，鞋缝里发黑的灰尘，一双盲人的鞋，这让你想象起盲者的生活细节，摸索与胆怯，温顺与尖锐……最终你闭上眼，盲人的鞋以及盲人的生活开始消失了，你感到自己正对准一个南美的树洞，你想起了一种说法：对着树洞可以大声说出你的秘密……不，没有灵魂或情感的秘密，只有肌肉与骨骼的秘密，它们在深处结成一团，它们拉拉扯扯，它们相互作对，不肯妥协，一起背叛了跟你几十年的友好关系。

盲医师已经看到树洞里的秘密了，他现在开始跟肌肉与骨骼们交流磋商，他在你的后背劳作，肩胛骨、颈椎骨、脊椎骨、肱骨、腰椎骨、骶骨、尾骨、坐骨，一寸寸地移动，一波波地揉捏，像在耕犁一块凹凸不平的田地。他保持着某种节奏和规律，因为用力和尽责，他在喘气，然而那似乎不是累，只是在配合动作，职业性的技巧，欲扬先抑，起承转合，带着暗示与鼓动……隔壁的单间里，相似的喘息声隐隐约约，你竖起耳朵，被动地陷入窃听的状态。邻床的女人发出舒服的哼哼声，另一个医师的喘息与节奏……这一切及那一切，当然让你想到了什么别的事情……突然，背上的盲医师在某个关键的穴位上停下来，毫不留情地几乎是粗暴地使起劲儿，你忽然动弹不得了，像是被一下叉中的鱼，你在某个致命的点感到了前所未有的酸楚，像醋，像酒精，像大麻，像快感与高潮。

不要松手。就这样。就是这里。继续。不要停。

你忍不住喃喃自语，在你后背的人显然受到了鼓舞，他加倍地努力起来，继续向深处施加源源不断的压力，你感到了暖，感到了甜，感到了热辣与尖利，感到卑微，感到不可一世。你在这个穴上终于胜利抵达了最高点，而正是在这个点，你才记起了初衷，你有些羞愧地把注意力重新集中到双肩上，试图重新体验肩周炎目前的状况……

可是，肩膀呢，那对带有过多酸液与打结肌肉的肩膀呢，你惊讶地发现，在盲医师的手下，你丢失了它们，它们现在完全麻木了，肿大了，分解了，消失了。你感到一种不真实的轻松，以及随之而来的巨大虚空。

偏头痛

总是在黄昏时分，光线恰好进入那样一种时分：可以看见家具的轮廓与亲人们的身影，可是，你看不见它们的光泽与他们的表情。一切都模糊起来，这种模糊象征着某种宽容，似乎一天的疲劳、胡闹与虚度都有了可以解释的理由。你可能是想叹一口气，或者想加件衣服，而往往就在这个平凡空洞的时刻，偏头痛，它来了，像猫一样从门缝里来了，在你毫无意识的时候，它跳上了你的肩头，到了你的额头。

这会儿，它成了一把精致而顺手的小锥子，在你的左前方或者右前方，在侧面额头某个极不确定的位置，它轻轻地极有耐心地敲打，不是那么重，却一直不停下。有那么一会儿，它又变成玩具小提琴，吱吱呀呀地永远是一种单调的声音，没完没了地拉下去，低而刺耳，拉得心脏尖儿都有些瘆起来。你感到恶心，想吐，事实上这呕吐欲稍纵即逝。

没有人看出你的痛，除非你去诉说。这是从外表上看不出病变的疾病，这是需要你去独自忍受的小痛苦。当痛苦不得不成为隐秘，这痛苦就变得有些遗世独立，甚或多了几分骄傲与自爱的意思。

你轻轻地站起来，不敢摇头与咳嗽，不敢用力咀嚼，因为这些动作会使小锥子变得像小榔头。你缓慢地动作，有些像老人，一边回忆这一天来的事情，是否真的那么烦忧那么伤脑筋那么乱若团麻，以至大脑这个器官开始发出抗议，它撒娇一般地，在某个小小的角落开始疼起来了。

疼，并且，偏。于是那不疼的另一半也终于变得不适起来，就像手上提重物，要么两边都提，要么两只手换着提。现在你开始天真地幻想：要是，能换一换，偏到另一边去疼疼，该多好呀。然而这是妄想。偏头痛就是偏头痛，它固执地停在那最初的一边，立意要跟你厮磨这一天中最后的时光。

你坐在越来越暗的光线里，似乎自己已成了家具的一部分，成了人们看不清的静物。你吞咽下微凉的开水，一边悄悄地伸出食指，摸索着去找寻偏头痛的准确位置，可它在哪里呢，不到巴掌大的地方，却忽然成了迷宫，那痛在血管和神经里戏弄般地灵活游走。

终于，在数次试探与确认之后，你感到，你指认到它了，你按住它，不断地按摩搓揉，做徒劳的指尖运动——好像好一点儿了——松开手指——不行，还是疼，有一两根血管甚至跳起舞来，嘣。嘣。嘣。

于是，你自嘲地撤退下手指，听之任之，肆意沉湎在某种惰性的迟钝与绵软之中。亲人们在家常中走来走去，有人打开这房里的照明，突然而至的灯光使得周围的一切忽然变得像话剧舞台般虚幻，这跟偏头痛叠加在一起，带给你某种隔世的恍惚。

你试图拿起一本书，可是那些白纸上的黑字忽然变得特别的小了，遥远了，冷冰冰了。你张张嘴，想要说点什么，不，等一等——现在连颧骨的运动也会加剧偏头痛的程度了。

于是，你想到了床，那也许是唯一可行的归宿。在黄昏时分，你不得不携带着额边的疼痛趴到属于夜晚的床。你把头尽量地偏过去，让因疼痛而变得沉重起来的那一面最大限度地靠近枕头，为此，你的鼻头也陷进了枕头的深处，你嗅到了一些气味，平常所忽略的，那是头发与脖子的味道，是青梅竹马、耳鬓厮磨的味道，是缠绵与缱绻，是流连与艳情。你小心而仔细地嗅着，放纵着无尽的想象，不觉中走进了昏睡的田园，沉重的夜色像被子那样盖上来了，你跟偏头痛一起走进越来越深的梦田……

或者，从另一个角度看，从所谓的审美学与心理学的视角来看。同样是头痛，偏头痛就比头痛要有风致得多。一个偏字，就有了分寸感，有了类似黄金分割般的取舍，尤其对女人来讲，这是少有的几种可以在公共场合毫不掩饰的病痛之一——当着陌生的人群、暧昧的异性，她毫无顾忌地用两根手指压住一边的额角搓揉。因为用力，她瘦长的指关节有些微微突出，手腕处青色的血管显得有些触目。

但就是在这一刻，她突然有了一丝与刚才完全不同的风韵，她向人群及身边的异性诉说了她的偏头痛，她的不适，她的弱。她皱起眉头，但又勉强地一笑，表示她可以克服，仍然可以陪着大家尽兴。在她的周围，男人们于是变得小心和体贴起来，声音好像更加温和了，话题开始在与偏头痛相关的层面进行短暂的逗留与徘徊……而其他在座的女人们，在表示关切与慰问的同时，心中竟升起了淡淡的遗憾，不过，她们是不肯承认也无法意识到的……

偏头痛对女人来讲是有些渊源的吧，翻看古代女子画像，逢到病中美人，头上必有一方红色缠头巾，横着压住额头，在鬓角拐弯处扎成一个哀怨的结，她微闭着双目，蹙着眉头，斜躺在那里，任秋风从门缝中吹过，烛光摇曳，脸上掠过淡淡的阴影。这女子到底恙在何处是不重要的，要紧的是她的头部很不舒服，她在忍受风寒与落寞，她额头沁出的香汗早已变成了冰凉的水迹，那一方红绫也压根缓解不了内心的凄凉与惆怅，但她还是小心地再次扎紧这方头巾，似乎这已是她抵挡世间冷暖的唯一盔甲。

譬如，我们看过冒辟疆所作的《董小宛病中小影》图。那是三百年前的秋了，董美人神情萧瑟，独坐拥被，室外枯树寒鸦，情景凄清，画中的小宛绝对谈不上漂亮，但作画者显然意不在貌，而在神韵，冒公子要的就是小宛的这份可怜之态。美人病卧，我见犹怜，更何况爱人之眼乎？观者忍不住会揣摩：这时的小宛，虽粗服无妆，一字不着，仍尽得风流，或许正是因了偏头痛的缘故呢。因为只有偏头痛这样雅致的毛病，方可入画——它虽减美人精神，却添风流韵味，更长才子情意。

眩晕症

十九世纪欧洲上层社会的晚会上，一定会有女人因为眩晕症而昏倒。导致这种眩晕的原因很多，比如，包裹得过分紧的束胸与腰带，僵硬而沉重的鲸骨撑架大裙摆，活跃的波尔卡舞曲消耗了她大量的精力，室内空气缺乏流通，闷热，香水气与男人的烟斗味交杂弥漫……最致命的原因也许是对某位风流绅士闪烁眼神的误读，她羞恼、希冀、颤动、怀疑、绝望，种种激烈的情绪轮番上演，长期平静的闺房生活下精心护养的脆弱神经像玻璃杯似的，在忽冷忽热之间“叮”的一下开裂了，她的脸色突然苍白得像清晨新换的衬裙，四肢变得冰冷，像隔夜的牛奶，她很快失去了所有的知觉，像跌进了那个人的怀抱似的浑身软了下去，最后映入她眼帘的是大厅顶端的巨大水晶吊灯，砸下来似的飞速地靠近过来……

早有所备的女仆立刻打开随身携带的嗅瓶，富有经验的年长妇女替她解开胸衣，绅士们则疏散着围拢上来表示关切的人群，又有人高声吩咐厨房里准备新鲜的蜂蜜水……没有人对此感到惊慌、大惊小怪，这是晚会中最常见的事件，就像绅士们会因为政治分歧而发生争执乃至怒目相向一样，没有女人的晕倒那还能叫一个晚会吗，就像没有了美味的鹅肝酱还能算是一顿周末正餐吗。

在嗅盐的刺激下，女人其实很快就苏醒过来，她微微睁开眼，看见周围有条不紊忙碌着的人群，于是很快又闭上了眼睛，只剩下睫毛还在不听话地翕动。她想起了他，他知道她是因为他才突然眩晕起来的吗？他现在正透过人群不安地张望着这边吗？他有没有自责或感动……她浮想联翩，乃至颊上涌上了动人的红晕……

当然，这红晕也可以理解为别的，比如，一点点的羞愧，同时还有一些愉悦与满足的成分——终于当众昏倒了，这是情感丰富的注脚，是体质单薄的明证，这简直是绅士眼中完美淑女的两条重要标准，她忍不住幻想，明天，后天，乃至这接下来的一个礼拜，她将会成为圈子里的谈资，她将因此而变得神秘起来，连背影与叹息都有了与众不同的意味，人们会猜测她的情感与故事……在下一次的公开场合，她还会得到人们亲切的抚慰与询问，人们会在各个活动的细节上给予她更多的照料……

眩晕的女人最终坐了起来，她重新穿上了胸衣，喝下了蜜水，殷勤的人们也开始慢慢散开，除了女仆仍在帮她擦拭额上并不存在的汗迹。大厅里的舞曲又重新响了起来，喧哗声像热气那样升起来，她却感到了一点点凉意——从窗帷的侧缝里，她看到，他又在裙摆中飞速地旋转起来，他黑色燕尾服的后边与华丽的裙摆配合紧密，瞬间打开，又迅疾合上……

轻微的眩晕第二次袭来，还连带着胸口的不适与抑郁，不过，这一切已不足为外人道，而且，第二天连她自己都会忘到后脑勺。因此，她定了定神，平静地吩咐女仆重新替她编好发髻，她想，如果可能，她应当还能赶上最后的那支慢华尔兹，她可以答应第一个向她邀舞的绅士。

眩晕突然来袭，像一见钟情的恋爱从天而至。

即使身处喧闹的人群，仍如置身杳无人烟的野外，树梢飞速地旋转着向眼睛扑来，刺眼的阳光如暴雨般洒落，五光十色，心醉神迷，心脏那样不可思议地跳动抑或停顿，某种声音像被放大了似的，在耳鼓膜边放声叫嚣……这是尖锐的狂喜，是决绝的拥抱，在倒向大地的刹那，感到与死亡赤裸相对的神秘与微妙……最终，眼前完全地变为黑暗，你走到时光隧道的那一端去了。也许只是很短，你就回来了，但在回忆中，你不可否认：眩晕后的昏倒，那是对永生的一次模拟与演习——

你假死过一次，你在眩晕中短暂地离开过这个人世，像是唱机上的暂停键，刚才你还在为各种细微的得失殚思极虑，连指缝里的一粒沙子都舍不得漏掉，而仅仅一分钟后，你就高超地撒开双手，神情淡然，抛下身边的一切人与一切事，在灼灼其华的光芒中抵达那个未知的境界……你身边的人惊慌、呼号，摇晃你温热如初的肢体，可是你保持着淡然的神情，一无所痛，一无所觉，像是终于参悟了一辈子都不明白的人间真谛。

我有过一次不合时宜的眩晕。

那是盛夏的清晨，起得太迟，以致我空着肚子出现在满是人头的电梯间，我跟几个女人寒暄着什么话题，周围的男人们在寒暄另外的话题，所有的人都因为清晨的匆忙而散发出一种急促向上的气质，一般来说，我很喜欢这个时分，因为人人都显得那样踌躇满志……突然，对面女人说话的声音在空气中消失了，我只看到她嘴唇边的一点点泡沫，几乎又在同一个瞬间，她的脸胖大起来，模糊起来，像面团那样，五官一点点消失了，接着，身边所有的面团都旋转起来，像第五代导演自恋性的镜头语言……

我感到我正在迅速地远离她们与他们，像坠入一个巨大的陷阱，我大声地呼救，似乎已发出平生最大的分贝——但据她们后来的描述，我什么也没喊，只是一言不发地倒下了，但速度挺慢，没有想象中“咚”的一声。

也许仅仅是两分钟之后，因为有人用力地掐我的人中，我醒了，有人一下子找到原因：空腹与低血糖。于是，大家都释然了，食堂送来两只豆沙包子，我捏着它们，但没有食欲，我很难为情地感到：我想上厕所。我急着想跟大家一起上楼找一个卫生间。然而，一进电梯，当空气骤然变得闷热，我的世界又开始了迫不及待地旋转，就像接着刚才的昏倒之后，继续播放一支被打断了的乐曲……我的手无法再拿住那两个包子了，它们从手中滑落，然后，我追随着它们向地面瘫下去……

——而在仍有意志的最后一瞬，在我面前旋转着的画面竟然是：那两只包子，正被人们在无意中踩碎，洁净的甜豆沙馅被挤出来，它们流到地面上，那种紫红，沾在陌生的鞋底下被带到肮脏的街面，那将是它们最无辜最荒诞的命运……眩晕似乎在瞬间赠予我对细小事物的迷恋与同情。

肺结核

如果病种也带有气质的话，肺结核应当算是最具有文学气质的一种。阅读体验中经常会迎面碰上典型性的肺结核患者。其中最负盛名的当数林妹妹了，她的那方手帕，那手帕中鲜红的血丝，那被无情投向火炉的手帕，成了肺结核患者最富有审美性与流传性的细节。从她这里开始，肺结核就有了种独一无二的飘逸之态，好比病后无力、扶着侍儿到院里看雨打芭蕉——病虽病矣，弱则弱矣，独风流无人能及。更令人满意的是肺结核病人脸上常见的红晕之色，现在美人颊上，真是锦上添花、赏心悦目；还有呢，久咳之后引起的胸口疼，于是有了手捂胸口蹙起眉头的俊俏模样；长期流连病榻，不思饮食，正成就了一副弱柳扶风之躯，岂不令人怜煞……

另一个为人熟知的患者是鲁迅《药》里的华小栓，这家伙就有些煞风景了，在他身上，这病只能叫作“痨病”，真的，瞧他竟惦记着吃起人血馒头了，那般的无知、笨拙、血腥、白费力气，真叫人有些讨厌了，简直破坏了肺结核在人们经验中既成的格局与理想。随后就是《寒夜》里的汪文宣，最文弱不过的小知识分子，谨慎、怯弱，苟延残喘，惨淡经营，真是好极了的形象，他与林妹妹的肺结核在气质上是一脉相承的，自怜与他怜，自爱与自弃，混杂在一起，此消彼长，伴随着他们胸腔中那片开始病变的肺……但是，不可思议的是，到了白先勇的笔下，他竟有本事给肺结核增添了暧昧与色欲的意味——玉卿嫂与“干弟弟”庆生亲热，庆生却总因一阵猛过一阵的咳嗽而无能为力，看来这痨病竟还会导致精气不足，玉卿嫂是心疼坏了，恨不得把那白而瘦的干弟弟含在嘴里捂在怀里给好好保养起来，她这时尚不知道，庆生哪里是肾虚，分明已是移情到那个年轻的戏子身上了……只可惜了，让肺结核多担待了如此这般的一个虚名……

但无论如何，在纸上的岁月中，肺结核终究还是令人神往的，它有一种催眠般的戏剧效果，可以作为人物性格的背景，有着强烈的暗示性，并带着某种季节性的特质，像是江南的黄梅天，潮湿、绵绵不绝，正因为有了这个肺结核在体内作祟，他或她的命运好像就已经定下基调了：自恋的开局，病态的纠缠，最终以倦怠和弃绝作为终场。

事实上，在二十世纪六七十年代的乡村大地，肺结核并不鲜见。

他是刚刚接班的赤脚医生，作为一个初中毕业生，这似乎已是再完美不过的职业归宿。于是，在他作为赤脚医生的日子里，他开始接触到不少的肺结核患者。

在医疗水平的局限下，再加上人们的误会与想象力，在乡村小径的口耳相传中，肺结核有三大特征：一、是要传染的；二、是要口吐鲜血的；三、是要死人的。这么一来，肺结核就完全失去美感了。人们不太情愿去探望，但人们期待着能看到病人吐出的鲜血，背地里，他们会谈论起病人，用了略带恐惧与追思的口吻，似乎这病人已是逝者。

在做赤脚医生的头一年，他为这种蒙昧感到可笑，并尝试做过一些解释与澄清，但无济于事。或者，慢慢地，他也被同化了。对肺结核病人，他也开始产生了淡淡的抵触与疑惧——

跟别的病人相比，他们的房间里有股子尤为浓烈的酸腐味儿，他们捂着好几床花花绿绿的被子躺在光线昏暗的床上，发黄的蚊帐半垂着，床脚下非常显眼地放着痰盂或马桶，里面有着大量颜色可疑的浓痰与秽物，而在近旁的床头柜上，一碗拌了红糖的稀粥早已没了热气……

作为医生，他不得不手持温度计走上前去，这样，他会更加清晰地看到一个挣扎在肺痨泥淖中的人：因为盗汗而在额上打着结的头发、多日未剪的指甲、眼角的污秽，等死般地闭着眼……发现有人靠前，他这时睁开眼睛，厌倦地转动着眼珠，却又带着一丝讨好与乞怜，还留着痰迹的嘴中发出模糊而单调的哼哼，表达他们不可传达的痛苦……他只好再走近一点儿，把手伸进被子里帮他们把温度计插到腋下，刚掀开被角，一股隔了夜的汗味夹杂着令人窒息的臊腥扑面而来……

家里人长吁短叹地围在外屋，神色带着传染病患者家属常见的那种自卑与晦气，他们正在替病人准备后事，女人们在做寿衣，男人们商量着墓地的选址。他们并不避讳内室的病人与医生，因为这并不表示对病人的完全放弃，更不是对医生医术的怀疑。给“肺痨”做寿衣，这是习惯与传统，最多只说明了他们未雨绸缪的小心与谨慎，对无常命运的局促与臣服。从肺结核病人家出诊回去的途中，他总是要停在路边站上一会儿，一边大口大口地吸气，一边看看正在灌浆的玉米，看看在地缝中爬出爬进的蚂蚁，以竭力忘掉方才所看到的一切。他不是嫌弃那里的空气与景象，他只是想遗忘自己的一些想法：每每看到这样的病人、这样的景象，他总会感到生存的无趣与无奈——在乡村，作为一个赤脚医生。

最终，他弯下腰来，拔起一根碧绿的青草放到嘴角，一直嚼出苦涩的青汁，他想：明天，还是再去看看那肺结核病人吧，他其实根本没有那么严重的。

（2008年）